人生写真館の奇跡

柊サナカ

宝島社
文庫

宝島社

[目次]

第一章　おばあさんとバスの一枚…7

第二章　ねずみくんとヒーローの一枚…101

第三章　ミツルと最後の一枚…179

人生写真館の奇跡

第一章　おばあさんとバスの一枚

古い柱時計は、針も振り子も止まったままだった。平坂《ひらさか》はじっと耳を澄ませる。写真館の建物の中は、耳の奥がしんと鳴りそうなほどに、何の音も聞こえない。古びた赤の絨毯《じゆうたん》に、革靴が柔らかく沈む。

受付のカウンターの上、小さく生けたリンドウの花びらに、そっと指で触れた。花の角度を少し直す。

玄関の奥には観音開きの扉が大きく開いていて、スタジオが見える。ぼんやりと灯った明かりの下、背景紙が下ろされていて、その前には片側だけに肘掛けがついた、豪華な椅子が一脚だけ置いてある。台座の上、蛇腹のついた大きな写真機も見える。台座も、写真機自体も頑丈な木製で、大きさも大人の一抱えよりもなお大きいというサイズなので、「すごいですねこのカメラ。木の箱みたいです」などと、きたお客によく驚かれる。カメラに詳しいお客だと、「懐かしいな。アンソニーですね」と、そこからカメラ談議になったりする。

窓の外を影が横切ったと思ったら、「配達、配達ですよー、平坂さあん」という声がした。

ノックの音がとんとと、とんとん、というように楽しげに鳴る。毎回ずっと同じことをこうやって繰り返しているのに、この男はいつも楽しそうだなと思いながら、平坂は扉を開けた。

扉の外には、配達員の制服を着た若い男がいた。帽子を後ろ向きにかぶり、いつもの通り、台車を押してきている。その台車の上の荷物の大きさに、すごいな、と苦笑した。

制服の胸には白猫マーク、名札には矢間《やま》とある。坊主頭が、日焼けした肌によく似合っていた。

「次のお客さんは、ぴちぴちの若い女の子だよ」なんて、ファイル片手に言う。

「嘘《うそ》はだめです」

平坂は苦笑しながら、受け取りサインをした。

「平坂さん、この荷物、一人じゃ持てないくらい重いからさ、一緒に運んでくれる？ここまで大きい荷物って僕もひさしぶりだな。この写真、百年分くらいあるんじゃないかな」

男二人がかりで、よいしょっ、と声をかけて、その大きな荷物を、受付カウンターの上に載せた。あまりの写真の重さに、知らずため息をついていたらしい。「平坂さん、そろそろ気が変わった？　ここのお仕事、もう辞めちゃってもいいかなって」矢間が笑って聞いてくる。

「うん。でも、もうちょっと続けようかなと思う」

「それでこそ平坂さんだ」と、矢間は、帽子をきちんとかぶりなおした。

「さ、僕はそろそろ次の配達に行かなくちゃ。毎日毎日本当に忙しいね、お互いに。過労死には気をつけようね」

「過労死って……それは絶対大丈夫でしょ」

矢間はちょっと手を振ると、ファイルを小脇にかかえ、台車を押して出て行った。

平坂は、次にくるお客である、八木《やぎ》ハツ江《え》さんのために、部屋を整える。いい〝見送り〟ができますように、お客さんのために、よい写真に仕上げることができますように。

そして。

いつか、探している「誰か」に巡り合えますように——平坂は、祈る。

＊

「ハツ江さん。八木ハツ江さん」

男の声がする。

静かに名を呼ばれて、ハツ江は、はっと目を覚ました。

ここはどこだろう。ソファーに、横になって寝かされているようだった。知らない天井があって、男の心配げな顔にのぞき込まれている。

最近急に暑くなったから、熱中症なんかで倒れたんだろうか、直近の記憶を探ろうとして、その記憶が、もやがかかったみたいにぼんやりしていることに気づく。わたしはハツ江、年は九十二、生まれは豊島区、よし、まだボケはきていない、たぶん。

焦りながら、男の顔をじっと眺めた。「ハツ江」という名を知っているということは、知り合いは知り合いなのだろう。でもこの人誰だっけ……。いや、倒れている間に、持ち物の名前でも見たのだろうか。記憶を探りながらソファーに身を起こそうとする。腰をかばいながら、ゆっくりと背中に力をこめていく。倒れていたわりには、身体の調子はそう悪くない。

本当に、この人、誰だっけ。今まで、通りで不意に声をかけられるようなことがあっても、どこの誰だかすっとわかって、「誰々君でしょう?」と言うと、相手は本当に嬉《うれ》しそうになったものだった。年を取って、頭が錆《さ》びてしまうのは、本当に嫌なものだと思う。

「ようこそ。お待ちしておりました」と男に言われる。

わたしのことかと、自分の鼻のあたりを指《さ》してみると、その男は頷《うなず》いた。

「ハツ江さんでしょう」

「ええ、まあ」

男をちらりと上目で見る。立ち襟の灰色シャツをきちんと着ている。物静かな牧師さんや神父さんといった風情だ。髪をきちんと整えている。表向きはとりあえず優しそうで、ちょっと得体の知れない感じでもある。目の覚めるようなハンサムでなく、かといって不細工というのでもなく、誰かに似ているような似ていないような、とにかく印象の薄い顔だ。

「こちらで長らく写真館を営んでおります、平坂と申します」

男はそう名乗った。

そういえば愛用の杖《つえ》がない。倒れたときに落としてしまったのだろうか。

部屋のあちらこちらに視線をやっているハツ江に、この場の説明をと思ったのか、「入って左奥のこちら側が、撮影のためのスタジオとなっております。中庭でも撮影が可能です。右手には応接間と工房が。いまからご案内しますね」などと平坂が言う。

気になることは、すぐに聞いてしまいたくなるのは、昔からだった。

お待ちしておりました、って何だろ。

写真館の主人が、このわたしに何の用だろ。

そもそも、どうやってここにきたんだっけ。

何も覚えていない。

「どうぞこちらへ」と平坂が言うので、聞きたいことは山のようにあったが、とりあえず、こわごわ身を起こしてみる。杖もなく歩くのは久しぶりだ。ソファーに手をやって腕に体重を掛けながら、そろそろ歩く。体の調子はいつになく良く、腰も痛まない。ハツ江はゆっくり歩いて、平坂の後に続いた。平坂が、心配そうに手を差し伸べている。

通された応接間は、落ち着いた佇《たたず》まいをしていた。革張りのソファーはくたびれてはいたが、綺麗《きれい》に磨かれているようだったし、年季の入った木の机も好ましく見える。金に飽かせた懐古趣味というのでもなくて、物を大切にしてきたゆえの味のような気がして、若いおにいちゃんなのに、なかなか好ましい趣味だと思った。

ガラス越しに見える中庭に、小さく明かりが灯っていて、見れば苔《こけ》むした石灯籠やら、しだれ桜にツワブキなどが形良く植えてあり、着物で背景にすると確かに映えそうだった。

応接間の角《すみ》には、電気のやかんやらサイフォンコーヒーのガラス、コーヒーカップなどがまとめて置かれた飾り棚があった。掃除好きなのか、ほこり一つないことに感心する。机の上には、何やら大きな箱が置いてあるのが気になった。

「今、お茶をお出ししますね」といい、平坂はこちらに背を向けて、慣れた手つきで急須やらなにやらを準備している。ハツ江はその背中に、思い切って声をかけることにした。

「あのすみません」

ハツ江の声に、平坂が振り向いた。

「変なことを聞いてすみませんがね」

「ええ」平坂は、言葉の続きを待っているようだった。

「あの。わたし、もしかして、死んだんですか」

平坂は少しだけ目を見開いた。

「――ええ、つい先ほどです。まず、そのご説明から入らなければならないのですが、ごくまれに、ご自身でおわかりになる方もいらっしゃいます」

当たり前のように答えが返ってきて、ほっとするような、面食らうような、わかりがいいのを褒められたような、複雑な気分になった。

お茶は渋すぎず、薄すぎずちょうど良かった。

死んでいるというと、もっと、いかにも死んだという雰囲気の格好になるのかと思っていた。例えば、三角の布が頭についているとか、身体が透けているとか。足だって、しっかりついたままなのだ。この湯飲みの感触も、お茶の味も何ら変わりない。

向かいの席に着くと平坂は、こちらをじっと見つめた。

ハツ江は考え込んでしまう。「でもねえ。あの世からのお迎えには、てっきり母ちゃんか父ちゃんか、旦那がきてくれるもんなんだと、思ってたんだけどねえ」

見も知らぬこの男、平坂がお迎えにきたというわけだ。ちょっとしんみりした顔にでもなっていたのか、「いえ、まだここは通過点みたいなものですから」と言う。

ハツ江は、ちょっと考え込んでから言った。

「あのさ、もしかして、平坂さんっていうのは、古事記の黄泉比良坂《よもつひらさか》にちなんでヒラサカさんなの？　イザナギが逃げ帰ってきたっていう坂」

平坂はハツ江の問いに驚いたようだった。黄泉比良坂というと、現世と死者の住む黄泉との境にあるという坂だ。

「よくご存じですね」

昔から本が好きで、いろいろ知りたくなるのは性分だったので、こういう雑学には強かったのだ。まだまだ頭は錆びちゃいないぞと、ちょっと得意になる。

「そうなんです。では話は早いですね、ここの場所は、まさにその死と生の境にある場所なんです」

「で、お迎えにきてくれたのが平坂さん」

「ええ。中間地点ですが」

「ここがあの世ってわけじゃないんだね」

「はい」

「で、平坂さんは、例えば閻魔様とかそういう、神様関係の方なの？　仏様？　それにしては――」

平坂がもの静かで、にこにこしているのをいいことに、ついつい（それにしては、らしくないねえ）なんて軽口を叩《たた》きたくなる。

お茶を飲んでいるその佇まいなんて、本当に人間そのものだ。

「私はただの案内人です。いきなり、〝あなたはもう亡くなっています〟なんて告げてしまうと、ここで泣いたり落ち込んだり、大騒ぎしてしまう方も多くいますから、なるべくショックが少なくなるように心がけています。ですからこの写真館もなるべく、現実とつながりがあるよう作られているんです」

　ハツ江はあたりを見回してみる。なるほど、落ち着いた写真館としか思えない。まあ、いきなり閻魔大王の前にひったてられたんじゃあ、震え上がって何も言えなくなるだろうなと思う。

「だから、ハツ江さんのいま着ていらっしゃる服も、普段の服ですよね。外見も、ご自身で、これが自分だと、一番馴染《なじ》みのあるお姿のはずです」

「膝が治ってるのはいいね」と言って、右足をぶらぶらさせると、平坂は、よかったです、というように頷いた。

「こちらで走ったりすると汗もかいたり、息も切れたりします。それは生前の身体感覚を、いまも変わらずお持ちだからですね」

　ハツ江は自分の手を握ったり開いたりしてみた。なるほど、生きていたころとは何も変わっていない。もう、この身体の実体が、本当はないなんて信じられない。

「で、わたしは、こっからどこかに移動するんでしょう？　いわゆるあの世に」

　行くなら行くで、今後の見通しは立てておきたかった。いまからどうなるのか、見当もつかないのは不安だ。

「そうなんです。そうなんですが、その前に、ハツ江さんにやっていただきたいことがあるんですよ」

何だろう。平坂は、机の上においてあった大きな箱の中を探っている。中から取り出したのは、書類のようにも見える何かの束だった。一束ずつ、白い紙で留めてある。その、一つ一つが片手でつかめないほどの束が、何束も出てくる。

「これは何かな。あのね、老眼鏡って持ってる？　老眼鏡がないと見えやしないんだ」

平坂が、「老眼鏡がなくても、ご覧になれるはずですよ。ちょっと目の感覚に集中してみてください」

言われるままに手元に集中すると、いままでまったく合わなかった焦点が、いともたやすく合って、はっきりと見える。裸眼でこんなに細かいものを見たのは久しぶりだった。

「ああ……」

ハツ江は手元にあるものを前に、声を上げていた。

それは写真だった。膨大な数だ。誰の撮ったものだろう、子どもの頃に住んでいた実家近くの広場や、若い父と母、いろんな写真がある。写真の大きさは普通のサイズよりもひとまわりくらい大きく、見ごたえがある。

「この写真は、ハツ江さんの人生の写真です。一日一枚、一年で三百六十五枚分あります。それが九十二年分ありますから、枚数も膨大になるのですが……」

ハツ江は写真を次々とめくっていく。そのたびに忘れていたいろいろなことを思い出す。実家の門の脇にあった柿の木にメジロがきていたこと。牛乳瓶を入れる古びた箱の隙間。玄関脇の格子戸に光が透けて、綺麗なしま模様になっていたこと。

「時間はたっぷりありますから、じっくりご覧ください。ハツ江さんには、この写真の中からお歳とおなじ、九十二枚を選んでいただきます。ご自由に、お好みの写真を選んでもらってかまいません」

「選ぶ？」

妙に思った。

平坂が右手の扉を開けると作業台があって、木で作られた何かの骨組みが見えた。真ん中には何かを載せるための皿のようなものがあり、それを支えるように四本の柱がある。土台もしっかりと作られている。何に使う物だろうか、竹ひごのような棒や、風車のような物も見える。いずれもまだ色を塗られていない白木で、これから作業を進めていくようだった。

「ハツ江さんには、走馬燈に使う写真を選んでいただきたいんですよ」

一瞬、動きが止まる。

「ええ！　走馬燈ってあの世に行くときに見るアレでしょ」

「はい、その走馬燈ですが」

「あれってみんな自分で選んでたの」

平坂は、木の骨組みの一部を手に取った。

「ええ、皆さんに、お好みの写真を選んでいただいています」

「走馬燈が、自選だったとは……」ハツ江はまだ驚いていた。

「九十二枚ですと、燈自体も見ごたえがあって、映えるでしょうね。〇歳から九十二歳まで、お見せするのが楽しみです」

走馬燈といえば、死ぬ前に見るという噂《うわさ》の現象だけれど、今からそれを自分で作ることになろうとは、思いもしなかった。

「ほら、死にかけた人が走馬燈を見たって、よく言うじゃない」

「ええ。全体の割合から言うと、こちらにきてから戻るということ自体、ほとんどないケースなのですが。でもみなさん、ここにいらしたことや、写真を自分で選んだことは、お忘れになるんだと思います。ただ、走馬燈を見た記憶だけは、うっすらと残っているのではないでしょうか。こちらの部屋をご覧ください」

平坂は、応接間からいったん出て、向かいの扉を開けた。

真っ白の部屋で、真ん中に座り心地の良さそうな、長椅子が一つ置かれている。真四角の部屋の中はすべてが白く、床も長椅子も真っ白なのが、何かの芸術作品のようだった。右の壁に扉があるところを見ると、外ともつながっているのかもしれない。

「あちらの小部屋で、最後の仕上げとして走馬燈を点《とも》します。ご覧になる観客は、ハツ江さんだけです。でも、よければ作り手の私にも、拝見させてください」

走馬燈。光が透けて、くるくる回る。昔見たものは、和紙で花模様になっていて、赤や黄色に光を透かして、ゆっくりと回っていた覚えがある。

「そうかあ、川をわたってハイあの世に到着、ってわけじゃないんだね」

「言うならば、人生最後の振り返りの儀式といいましょうか」

この際なので、気になっていたことを聞いてみることにした。

「移動地点ってことで、この後、ここから先はどうなるんだい。わたしは」

平坂は視線をいったん手元に落としてから、こちらを見た。なんだか言いにくい様子だった。

「申し訳ありません。私もこの先のことは、伝聞でしか知らないのです。私自身も行ったことがありませんから。完全に向こうに行ってしまったあと、戻ってきた人は誰もいないのです」

では、あの世とはどんなところなのかなあ、と心配になる。あっさり消えて無になるのかもしれないが。

「一度成仏した魂は、生まれ変わって、また新たに生まれ直すのだと聞いています」

応接間に戻ると、平坂が、新しいお茶を注《つ》いでくれた。平坂がお茶を飲む、同じタイミングでハツ江も湯飲みを口に運んだ。

お茶を飲みながら思う。この、舌の上のお茶がほどよく熱い、という感覚もすべてなくなって、今までの何もかもを忘れてしまうのだとしたら……その意識が消えてしまうことこそが、ほんとうに死ぬ、ということなのかもしれない。

どこか不安げになった表情を見たのか、平坂が取りなすように声をかけてくる。

「あちらに行かれても、完全に、ハツ江さんという存在が、消滅してしまうわけではないと思います。魂には、そういった代々の記憶が奥底に眠っていることは確かですから」

そうですね、例えば……と平坂がつぶやいて、何かを考え出す。

「ハツ江さんは、初めてなのに、この人には会ったことがあるような気がするとか、この場所は初めてなのに、なんだか懐かしい。ここにはきたことがあるような……という体験をしたことがありませんか」

「あるある」ハツ江は応えていた。「ここも覚えがあるような気がしたからね」

平坂は笑って「それも、もしかすると魂の中の記憶だったのかもしれません」と言った。「でも、人生に思い残しや悔い、何らかの強い執着があると、あちらに行くことができなくなります。そうなると、もうその魂は、同じところにずっととどまるしかないのです」

ハツ江は頷いた。

「平坂さん、要するにだね、いまからわたしのやることは、歳の数と同じ、九十二枚の写真を選んで、走馬燈を平坂さんと一緒に作るということなんだね。それを見ながら晴れて成仏と」

まだひと仕事あるんだなあと思う。死んでも結構忙しい。

「まあ、ここまでくると、どんなに偉い人でも、どんなにお金持ちでも、持っているのは思い出だけですから」

ハツ江は、目の前にある、膨大な写真の山を見つめた。これを全部見るのには、いったいどのくらいかかるのだろう。

「コンピューターだ、スマホだっていう、いまのご時世に、手作業での走馬燈作りか……意外といえば意外だねえ」

ハツ江には、死後に選ぶのが物でも動画でもなく、写真であるということが、ちょっと意外に思えたのだった。

平坂が、写真の山の中から、一枚を手に取る。

「では、ハツ江さんに関連する、この写真で試してみましょう。この写真の場所、覚えてますか」

手渡されたその写真は、坂道の写真だった。

「ああ……」

思い出す。

一本の坂道を真ん中に、見渡す限りの田んぼが広がっている。風がざっと鳴って稲が一面、海のようにうねる……

坂を駆け下りると、こめかみを流れる汗の感触がした。乾いた風の匂い、唇をなめると塩の味。視線の先で、一羽の白鷺《しらさぎ》が驚いたように舞い上がる。青空に白鷺が次第に小さくなっていき、小さな白い点となる。見えなくなるまで見送ると、着物の裾がはためいて、急に風の音が大きくなった。

思い出す。まだ幼かったあの頃の夏は、終わりが見えないほどに長かったことを。体中どこも力が満ち溢《あふ》れ、この坂道をどこまでも駆け下りて行けそうな気がしていた。

「思い出せましたか」

「……覚えてる。覚えてるよ、そうだ、ここ、隣町に行くときの田んぼの道だ。わたし、ここ好きだったんだよな」

写真を手にしたとたん、頭の中に記憶や感情がどっと溢れてきたのだった。

「今まで、覚えてましたか」

「いや忘れてたよ、すっかり。あったことも忘れてた。今はここもう、全部舗装されて住宅街になってってね」

平坂も手にとって、その写真に見入った。

「素敵な眺めです」

「もう、どこにもない風景だけどね」

平坂が写真をそっと返してくれた。

「この写真を見てると、なんだか思い出すね。その頃のことを、いろいろと」

ハツ江は、まじまじとその写真を見つめていた。よく見ると粒子が粗く、色の点々みたいになっている。ただの色の集まりなのに、音も、風も、気持ちも、その時代の空気もすべて、この一枚の四角にこめられているような気がした。この点々のどこに、そんなものが隠されていたのだろう。

「写真には、確かに力があります」

平坂は、静かにそう言った。

ハツ江はまだ、じっとその写真を見つめていた。この写真は、特に作品として撮られたわけでもないような、ただの田舎《いなか》道の写真だ。でもこうやって、一度失われてしまえば、もうこの写真の中でしか存在しない風景となる。なんでもない風景の写真でありながら、ハツ江にはとても貴重な一枚のように思えた。

平坂に促され、腰を据えて、写真の選定に入った。束から一枚一枚取って、仕分けていく。とはいえ、一枚ずつの写真に見入ってしまって、なかなか進まない。

写真を丹念にめくりながら、それにしても、いろんなことを自分が忘れ続けてきたことに気づく。忘れてきたことさえ記憶にない——あたりまえなのだけれど。写真を見るまでは、そんなものがあったとか、こんな風だったとか、まったく記憶にないのだが、ひとたび見れば、いろいろなことを思い出す。

その間、平坂は邪魔にならぬよう、聞きたいことがあるとすぐに来られるよう、ほどよい距離感を保って側にいてくれた。扉を開け、隣の工房で走馬燈の骨組みを作る作業をしながら、こちらをずっと気にしてくれていたようだった。走馬燈は、九十二枚分の写真を投影できるようにするためなのか、何やら凝った作りで、大人一人で抱えるのも大変なくらいに大きなものになりそうだった。やはり九十二枚というと、それなりの迫力があるものだなと思う。

写真を見て選定するのも結構疲れるもので、この箱いっぱいにある束を、一枚残らず見なければならないと思うと気が遠くなる。

年齢にして、七歳あたりまで見終わったころ、平坂が声をかけてきた。

「こちらが選定済みの写真ですか」

平坂が写真の束を見て言う。

「とりあえず、全部見て選んだ中から、また九十二枚を選ぼうかと。しかしたくさんあるからね、気が遠くなるね」

「休憩したいときはいつでもおっしゃってください。肉体的には疲れないはずですが、精神的には、やはり疲れると思いますので」

平坂が、「写真を拝見してもいいですか」と言うので、ええどうぞどうぞ、と言う。

自分のアルバムを見せているみたいで、何だか照れくさい。

「こちらはご両親ですね。優しそうです」

父がチョッキを着て立っている脇へ、母が割烹着《かっぽうぎ》に着物でいる。左手に洋傘を持っているところをみると、雨が降りそうな日だったのかもしれなかった。母は手にかごを下げている。そうだ、昔はみんなこんな竹かごみたいなのを持って買い物に行っていたのだ。

「こちらはご近所のお友達ですね」

生え替わりで歯が抜けているのを嬉しそうに見せているのは近所のみいちゃん、後ろで、いがぐり頭を寄せているのが田川の三兄弟だ。半ズボンの裾がすり切れている。ところどころ継ぎが当たっているのもわかる。お下がりのお下がりのお下がりなんて珍しいことではなかった。昔は服でも何でも繕いながら使うものだった。

「そうそう。子どもの頃は、わたしがそのへんの子どもらの中で一番足も速かったし、泳ぎも上手かったし、喧嘩《けんか》も強かったから、ガキ大将をこらしめて回ったりね。嫁のもらい手がなくなるぞ！　ってよく叱られてた。記憶だとそんなに汚れてなかったはずなのに、みんな着てるものも髪も本当に小汚いな」と言うと、平坂も笑った。

机いっぱいに広がった写真を眺める。

「しかしさ。本当、いろんなことを忘れてばかりだ。自分ではしっかり覚えているつもりだったけど、実は片っ端から忘れていってたんだね。父親と母親の顔なんかも、しげしげ見ちゃったよ」

お気に入りだった絵本のことも、あんなに大切にしていたブリキの缶のことも、すっかり記憶から抜け落ちていた。覚えていなければ、存在しなかったのも同然だ。

「そういうものです。人生は、少しずつ記憶を手放しながら行く旅でもあります」

しばらくして、平坂が、そっとお盆から湯飲みをさし出してくれた。湯飲みからは、湯気が少し上がっていて、そばにはお茶請けの和菓子があった。好物のようかんだ。なんで写真選びなんか、などと最初はいぶかしく思っていたけれど、忘れてしまっていた記憶を拾い集めて、走馬燈という一つの形を作り上げるのは、人生最後に与えられた仕事としては、なかなか趣のある作業だと思った。

淹れてもらったばかりの緑茶を飲んだ。ようかんにも手を伸ばす。

「ありがとう。ようかん大好きだったんだよ」

「お好みにあって良かったです」と、平坂が嬉しそうに頷く。

「わたし一人だけに、こんなに時間かけて大丈夫かねえ」

「ええ、時間のことも私のこともお気になさらず。皆さんが、こうやって過去を懐かしんでおられる姿を見るのも、私は好きですから」

平坂もお茶を一口飲んだ。

その横顔を見ていて、気になっていたことを聞いてみようと思った。平坂自身に関することだ。

「平坂さんは、こういう仕事をしているけど、人間なの。人間なのっていう聞き方も、何だかぶしつけかもしれないけど」

平坂は、両手で湯飲みを包み込むようにして、控えめな笑みを浮かべている。

「神とかそういう存在ではないのですよ。私もこの役目をもう長くしていますが、現世では人間だったこともあります。ハツ江さんと同じく」

へえ、と思う。平坂は、どんな風に暮らしていたのだろう。物静かで、あまり感情の起伏を表に出さない様子が、普通の会社員とは少し違う雰囲気がする。強《し》いて言うなら……美術館とか、画廊とか。

「えーと、当ててみよう。美術館とか、博物館の人とか、そういう仕事かな。あ、こっちでも写真館だから、やっぱり写真館の人だったの？」

「いえ……」

「じゃあ、会社員？　どのへんに住んでたの。話し言葉からしても、東京かな？　関東は関東でしょう」

そうですねえ……と言いながら、平坂の表情が、笑顔の形を保ちながらも、どこか困り顔になるのがわかった。触れてはいけないこともあるようだった。年を取って、ついついずかずかと踏み込んで、いろいろと聞いてしまうのはよくない。

何だか気まずい沈黙を破ろうと、「あっそうだ、ところで、この束なんだけど」と話題を流そうとして、手が滑った。机の端にあった写真の束が、いくつか滑り落ちてしまった。

絨毯敷きの床に、色とりどりの扇のように写真が散らばった。

「あーあ」と言って手を伸ばしている間に、平坂が手早く机に戻してくれる。

一番上には古い都バスの写真があった。自然と「ああ、このバス。本当に懐かしいなあ」とひとりごちていた。

そのほかにも、バスの写真が数枚重なっている。平坂が写真をまとめながら、それに目をとめたのか、「バス、お好きだったんですね。バス会社で働いていらっしゃったんですか」と聞いてきた。

「いや、そうじゃない。バスの仕事じゃないよ」

「そうですか」と平坂が相槌《あいづち》をうちながら、「こんなにバスの写真があるものですから、てっきりバス会社でお勤めかと思いました」と言う。

うーん、とハツ江は考えこんでいた。

「でもまあ、ご縁があると言えば縁があるかな。中で働いてたと言えば働いてたし」

ハツ江は言いながら、バスが写っている一枚の写真を手に取っていた。

「あーあ。この写真」

バスの写真がいくつかある中で、一番見たくて探していた写真がない。写真がなぜか、褪《あ》せてしまってよく見えないのだ。目を凝らせば、何かが写っているくらいはわかるのだが、ぬかるんだ地面と、集まっている人の脚の部分以外、白く飛んだようになってしまっている。

「見て平坂さん。この写真、すごく見たかったんだけど、もうこんなに褪せちゃって、これだけだめになってる」

「あ。すみません。写真は修復できるものに関しては、ある程度、修復や補正がなされているのですが、その写真に関しては、修復のしようがなかったのだと思います。例えば、どこかにしまい込まれていた写真じゃなくて、その人にとってお気に入りの写真ほど、飾ったり、よく手に取って眺めたりしますよね。そうすると、色が褪せたり、破れたりしてしまいがちなんです。記憶も同じです。大切な思い出で、何かにつけ思い出しているうちに、だんだん細かいところまでは思い出せなくなっていく」

「そうか……」ハツ江はがっかりした。もう一度、たったの一度でいい。あの光景をじっくり見てみたかったのだけど。

ハツ江はバスの写真をじっと見ながらつぶやく。

「この写真はね、わたしの、記念すべきバスの日。あれは、二十三歳の頃だったから。

えーと」

平坂がすぐに暗算で計算をしてくれたようだった。「昭和二十四年」

ありがとう、とハツ江は笑った。

「日にちは忘れもしない、そう、七月四日だ……」言いながら、しばらくハツ江は考えこんでいた。

「昭和二十四年か。あれから、ずいぶん時間が経ったものだね、わたしもばあさんになって、ぽっくり逝《い》っちまうのもあたりまえだ」

平坂は、手元のメモに、ハツ江が言った日にちを書きつけているようだった。

「ご安心を。この消えかかっている写真は、復元することができます」

「復元ってどうやって。ネガとか、そういうものがあるの」

「いいえ、こちらにはありません」と、平坂が言う。

何もないところから、どうやって写真が修復できるのだろう。平坂は、表面に触らぬよう、注意深くその消えた写真を手に取った。

「もう一度、この写真と同時刻、同じ場所で撮り直すことで、この一枚を再現するのです」

平坂は意外なことを言い出した。

「どうやって」

「たったの一日ではありますが、過去に戻って、この一枚を撮り直すことができます。お好みのカメラを持って」

平坂が立ち上がり、白い部屋の隣の扉を開けて中を示す。

「まずは、見ていただいたほうがいいですね。どうぞこちらへ。こちらは機材庫です」

中を覗《のぞ》いてみてびっくりした。見渡す限り、天井までの棚に、ほとんど隙間なくびっしりと並べられているのはカメラだった。ひいふうみい、と数えてみて、棚が天井まで十段あることを知る。一番上の段は踏み台がないと、とても届かないような高さだ。視界からくる物量の圧に、しばらく動くこともできないくらいだった。

「どうぞ中へ」と勧められる。

見てみると、下の段には、懐かしく見覚えのある、木の箱みたいな大きなカメラがずらりと並べられていて、レンズだろうか、真ちゅうの筒を静かに光らせている。その上の段には、レンズが二つついた箱のような、昔ながらの形のものがぎっしりと並ぶ。上の段、また上の段と視線を巡らせていると、なんだか気が遠くなってくる。

象が死ぬときはこっそりと群れを離れて、仲間の骨がたくさんある、象の墓場の中で死を待つのだと、何かで読んだことがある。ここもなんだか、カメラの墓場のように思えた。

それにしても、何台あるのか見当もつかないような恐ろしい量だ。下へと延びる階段があり、地下にも巨大なカメラ庫があるようだった。

「カメラ、レンズは全種類、世界中のどんな物もご用意があります。デジタルの現行モデル、最新のものも。どれでもご自由にお使いになれます」

「なんだか、博物館みたいだねえ」

「あれはないのか、これはないのか、じゃああのレンズは、人生の最後に撮るんだったらこの組み合わせじゃないと嫌だと、持って行くカメラに妙にこだわりのある方も意外に多くて」と平坂が苦笑いする。

「いや、でもこんなにあっても、どうしたらいいか見当もつかないよ。カメラ、あんまり知らないんだ」

とりあえず、近くにある一台を手に取ってみるが、デジタルのプロ用機らしく、どうやって動かしたらいいのかもわからない。カメラは見た目よりも重く、確かな質感で手の中に収まった。どこかを押してしまったらしく、シパパパパパパパッ、と音が鳴ってあわてる。平坂が受け取って、棚に戻してくれた。

「規則として、写真を撮るのは案内人の私ではなく、ハツ江さん自身でなければならないんです。カメラのお好みを伺って、一緒にお選びしますから、そのあたりはご心配なく。なるべくハツ江さんの馴染みのある機種をお選びしますので」と、言うのでほっとした。

「再現する写真の周辺に限られますが、いまから、過去の一日へ戻ることができます。残念ながら、今は魂の身ですし、行くのは過去ですから、向こうで会った人にはこちらの姿は見えません。誰かとお話ししたり、触れたりはできないのです。こちらにできるのは、ただ、行って、見て、写真を撮ってくることだけです」

「見るだけかい。父さんや母さん、誰かと会っても話すことはできないのか……それもなんだか切ないねえ」

ハツ江は、さっき手に取ったプロ用機のデジタルカメラを思い出していた。

「でも最近のカメラはボタンもたくさんあって、なんだか難しそうだけどね。そんな大事な写真なんて撮ったことないや。わたしに、再現写真なんて写せるのかなあ」と心配げに言うと、平坂は笑みを浮かべる。

「実を言うと私も、カメラについてはたいして詳しくないんです。ここにきた方に教えてもらうことも多々あります。そうしているうちにいろいろ覚えました」

「へえ。ここにきた人が逆に、平坂さんに教えるんですね」

「教え好きの方が意外に多くて。延々教えてくださる方もいらっしゃいますね」

ハツ江は笑った。「もうしっかり死んでるのにね」

「ええ。でもありがたいですよ。こちらも勉強になります」

そう言って、平坂は機材庫の方へ入っていった。

「それでは、実際に持って行くカメラなんですが。こちらでは、いかがでしょうか」

と、平坂が一台の小さなカメラを差し出してきた。

ああ、とハツ江は声を出していた。「そうだそうだ、これだ。覚えてるよ。懐かしいな」

そのカメラには見覚えがあった。機材には詳しくないので、名前はうろ覚えだったけれど、確かキヤノンという会社のカメラだったと思う。

「よかったです。さっき、写真の一部にこちらのカメラが写っていたので、ご存じかなと思いまして。こちら、キヤノンのオートボーイというカメラです。触ってみてくださ い。写し方は覚えていらっしゃいますか」

受け取って、あちこち触ってみる。

「だいたい覚えてるけど、忘れちゃったなあ。フィルムを入れるんだったよなあ」

「フィルムはこちらでお入れしましょう。写し方はそうですね、ここのところ、シャッターボタンがありますね」

平坂はボタンを示す。

「このシャッターを半押ししてください」

頷くと、平坂は「半押しするとレンズが、自動的にピントが合う位置まで移動しますから」と言った。

「写りもいいし、昔はプロカメラマンのサブ機としてもよく使われたと聞いています。軽くて失敗もなく、良いカメラだと思います」

しばらく、ファインダーを覗いたりして、使い方を試してみる。そのうちに勘を取り戻してきたようだった。

「このくらい軽いなら、時間旅行にもちょうどいいね」とハツ江が言うと、平坂も頷いた。「この旅も、よい旅になりますように」

「首から提げる紐《ひも》みたいなのはあるかな」と言うと、平坂は戸棚を開けて何かを探し出す。

「お好きな色がありましたら」

「水色」と言うと、水色の紐のようなものが出てきた。その紐は、革でできているようだった。

「フィルムはたくさんありますから、失敗を恐れずに、その場面がきたら、どんどんお撮りください。その中で、一番良い物をプリントしましょう。暗室の作業はお目にかけますので、明るさや色味などの好みも、遠慮なくおっしゃってください」

平坂は、真っ白な部屋の中の、扉の前に立った。

「それでは、昭和二十四年の七月四日、日の出の光が差し始めた時点から、次の日の光が空に満ちるまでの一日へ。カメラの準備はよろしいですね」

隣で立つ、ハツ江も頷いた。

「では参りましょう。記念すべき、バスの日へ」

平坂が扉を開ける。

外に出た、と思った。

額に風を感じる。

平坂とハツ江は、いつの間にか土手を歩いていた。あわてて後ろを振り返るも、出てきたはずの扉はどこにもない。

ずっと向こうに、懐かしい四本のお化け煙突も見える。もうとうの昔に解体されてしまったはずの、今はなき火力発電所の煙突だ。当時は、ずいぶん遠くからも見えた、足立のシンボルだったのだ。高い建物も一つもなく、道路もまだ舗装されていない。土手も、大がかりな護岸工事はまだされていないようだった。自然のままの姿だ。あるはずの橋もまだなく、川を渡し船がのんびり渡っている。

「本当にあのころの風景だ……」ハツ江が言うと、平坂も辺りを見回して、「素敵な所です」と言った。

早朝の風がさわやかに吹く。「そうだよ、昔は道も舗装されてなかったからか、朝はこんなに涼しかったんだ。今なんて、朝からもうぐわーんと暑くて、クーラーを入れないと死人がでるくらいになっちゃった」

空は雲一つなく、建物が低いからか、青空もとても広く思える。

「なんだか、空気も澄んでるような気がするね。川の水も、昔はこんなに綺麗だったんだ」

「まだまだ時間がありますので、ゆっくりと散策を」

平坂に促されて、ハツ江は下流に向かってゆっくりと歩き出す。

「そうだねえ、昔の思い出話でもしましょうかねえ。何から話そうか。話したいことはいっぱいあるから。でもこんなしわしわのおばあちゃんの昔語りなんて、たいして聞きたくないでしょ。ご迷惑になっちゃうかもしれないね」

「いえ。ぜひたくさんお聞かせください。興味があります。ハツ江さんが、こちらでどう過ごしていらっしゃったか」と言うので、ちょっと照れくさくなって笑った。

「わたしの人生最後の話し相手が、平坂さんなんだね」

「ええ。そうなりますね」

遥かに続く土手の先に視線をやりながら、ハツ江は口を開いた。

——ハツ江はゆっくりと語り出す。昭和二十三年東京都足立区、川に囲まれた、ある小さな町での物語を。

＊＊＊

土手を駆け下りながら、上っ張りを放り投げて靴も脱いだ。

水に飛び込んだわたしは、その水の冷たさにぎゅっと心臓が摑《つか》まれるみたいになったけど、なりふりはかまっていられない。小さい頃から泳ぎだけは上手かった。飛び込みの勢いを殺さぬよう、ちょっとでも速くと両腕を伸ばす。鼻の奥に入った水がつんと痛む。息が続くまでバタ足で水を蹴り、水中を一直線。水面に口が出ると一気に空気を吸い込んで腕をかき、水を蹴る。もっと速く、もっと強く。

ここ数日の雨で増水した水の流れは速く、斜めにどんどん流される。それでも額の一直線上に目標があることを確かめると、一気に距離を詰めるべく、蹴り足を強くした。最初に中指に何かがかすった。流されながら摑んだのは襟のようだった。

「しっかり！」

抱き上げるようにしても、腕の中でぐにゃりとして、小さな身体は冷え切っている。体重がまだ軽いのは幸いだった。脇の下を支えるようにして水面に仰向けに浮かせ、横泳ぎでとりあえず岸まで――

岸を見ると、大人たちがやっと集まってきたようで、一人また一人と岸から飛び込んでこちらへやってくる。

ようやく綱も投げられた。その綱を摑むと、岸から一気に引っ張ってくれた。

引き上げた子どもはまだ小さく、年の頃は三つか四つ、棒のようなはだしの足は、真っ白になってしまい血の気は感じない。息もしていない。

「いま医者先生を呼びに行ってる」

「わたし救急呼吸法やります。心得が」

習ったばかりのことを今日、使う羽目になるとは思わなかった。

思い切り息を吹き込むと、その男の子の胸が小さく上がる。切なくなるような動きだった。両手を重ねて心の臓の近くへ。体重をかけて一、二、三、一、二、三……

人垣の後ろの方から——誰だ——威勢の良いおねえちゃん——飛び込んで——だのなんだのと聞こえてくる。

みぞおちをぐっと押すと、げぽ、という声とともに、子どもの口から水が溢れた。弱々しく息を二回吸った後、泣き始めた。髪の毛をふり乱して駆けつけたお母さんに抱かれ、お母さんともわんわん泣くので、ほっとして息をついていたら、人垣の中の子どもたちと、目が合った。

あわてて逸《そ》らすが許さない。

「そこの君たち！　こんな日に、子どもたちだけで川遊びなんて！」

そういうと、子どもたちはみんなうつむいてしまった。

河原は子どもたちのよい遊び場となっていて、冬はたこ揚げ、夏は池でヤゴとりをしたり、ゲンゴロウを捕まえたりするものなのだけれど、今日は雨で川が増水しているのだ、こんな日に川には近づいてはいけないと、よくよく言い聞かされていたはずだった。

まあまあ、ちょっと落ち着いて、などと言われるけれど、黙ってはいられない。

「坊が勝手についてきたんだ。上で待ってろって言ってたのに」

「そうだよ……あれ、いないと思ったらもう落ちてて、あっちの方に」

次に働くかもしれないという仕事場の下見をしに、たまたま通りかかったら、濁流の中、何かが流されているのが見えたのだ。もし見逃していたらと思うとぞっとした。

「もう子どもたちだけで雨の後の川遊びはいけません。わかりましたか」

子どもたちが口ごもる。

「返事は！」

「はいっ！」

小さい子が、自分の鼻のあたりを指さす。なんだろうと思っていると、「鼻水出てるよ」と言う。

あわてて右手で鼻水を拭った。

そのときまで、この仕事は後で断ろうと思っていた。こんな遠くの町まではとても通えず、給金も割に合わない。家から職場まで電車を乗り継いで、ぼろぼろの橋を渡ってこんな不便なところまでなんて。しかも施設だって整っていない。今は引く手あまたなので、もっと良い環境の職場もあるはずだった。

へっくしょん、とくしゃみを思い切りすると、また鼻水が出そうになる。どこかの奥さんが、これ、どうぞ着てくださいと乾いた服を持ってきてくれた。何度も頭を下げてくれる。

駐在さんもやっとのこと駆けつけてくれた。

「救命活動たいへんご苦労様でした。お名前と年齢を伺います」

「三島《みしま》ハツ江です。二十三歳」

「女性ながら勇敢でした。こんな荒れ狂う川に飛び込むとは」

駐在さんをしっかり見据え、「子どもはこの世の宝です」と言い切ると、駐在さんは深く頷いた。

「こちらにお住まいで」

「いえ」

「ではお仕事でしょうか」

「ええ」

お仕事は何を――という顔で、駐在さんが見ている。

「保母です」「え」

「保母です！　明後日からですが！」

へっくしゅん、とくしゃみをするとまた鼻水が溢れて、駐在さんが手ぬぐいを貸してくれた。

遠くに見えるお化け煙突の煙が真横になるくらい、風の強い日。わたしはこの町──ここ、新野町で保母になることを決めたのだった。

豊島区のはずれにあり、空襲の標的からは外れていたわたしの家とは違い、新野地区一帯は工場地帯だったため、爆撃機には執拗に狙われたようだった。川に囲まれたこの町も、当時は、見渡す限り一面が焼け野原となったという。

戦争も終わった今は、復興を支えるため、新野地区には住宅よりも工場がいち早く再建されていた。当然、工場に勤める人数も増え、新野地区の人口はどんどん増えていく。家族が増え子が増え、その家族を食べさせるために、誰もが必死だった。

戦後、混沌とした時代の中、勤め先自体がなくなり、失業する人自体も多ければ、運よく残っていた勤め先でも、給料の遅配はよくあることだった。生活の糧としている給料が遅配となれば、たちまち生活は困窮する。父親のみならず、小さい子を持つ母親たちもまた、明日のごはんのために、幼い子を置いて内職や仕事を探さなければならなかった。

兄弟のうち上の子が、幼い下の子の面倒をみるのはあたりまえのことだった。とはいえ、子どものやることだから、危ないことは多々あった。それこそ、川で溺れたり、頭を打ったり、車に撥《は》ねられたり……

日替わりで、親たちが寄り集まって託児所みたいに面倒をみると言っても限界があって、やはり保育の専門家を、という声があがるのは当然のことだった。

そこで、保母試験に合格したばかりの、ひよっこの、このわたしに、民主保育連盟から派遣の話がきたのだった。新野町へ行ってみないか、と。仮の園舎として、製鉄会社の方で空き部屋を用意してくれるという。

ただ、通勤が本当に遠く——豊島区のはずれから、都電に乗って、その都電の駅からも歩かなければならない。片道一時間半くらいかかるということで、気は進まなかった。地図上では、川に囲まれた中州みたいな土地で、橋の代わりに渡し船が活躍しているようなところだというのも、二の足を踏んでしまう理由だ。

でも今日、わたしが断ると、ここ新野町ではまた、条件に合う保育士を一から探さなくてはならないだろう。そうすれば保育所の設立はまた遅れてしまう。こうしている間にも、子どもを家に置いて仕事に行かなければならないお母さん方がいる。今日だって子どもが溺れかけたのだ。自分が仕事をしている間、誰も見てやる人がいなくて、子どもがいつ川に落ちるか、いつ大けがをするか、不安なままで勤めるのはどんなにか辛かろう。

こんな事件に巻き込まれたのもご縁だと思って、というより元から楽観的な方なので、何とかなるだろうと思った。ちょっと考えさせてくださいと言っていたものを考え直し、帰りがけ、先方にも「やります」と返事をしておいた。

でもなんで、合格したばかりのひよっこに、こんなにすぐに仕事が決まったのだろうと思っていたら、やはりそれだけのわけはあったのだ。


早朝の光が眩《まぶ》しい。かたんかたん、という都電の揺れが眠気を誘う。まぶたが閉じそうなのをがんばってこじ開ける。速度が遅くなったので外を見ると、もう、神谷橋《かみや》に到着しそうだった。

都電を降りる人の波に続いて庚申《こうしん》通りを歩く。自転車のおにいさんが通りを軽快に走っていく。前を歩いているのは、へこ帯で赤ちゃんを背負ったお母さん。赤ちゃんの足がぴょこぴょこ動くのをほほえましく眺める。追い抜きざまに見ると、赤ちゃんは何か気になる様子で、じっと上を見ている。歩道から、何本も柱が立っていて、それぞれの看板に名前が大書きになっているのが気になるらしい。選挙に出る立候補者の立て看板だ。

歩道にはコンクリートの四角いブロックが並べてあって、ところどころが薄く土で覆われたようになっている。その四角を踏みしめるようにして、しっかり歩く。風が吹いて土ぼこりが舞い上がるのを、目を細めてやりすごす。

タクシーの初乗り運賃、八十円という表示をちらりを見て、まあ縁がない話だと視線を外した。大またで新野橋まで急ぐ。木造の新野橋は、渡っていると、ところどころ木の板がきしんで、隙間から流れが見えるほどの、ぼろ橋だった。

仮の園舎となるのは、民主保育連盟の働きかけで、製鉄会社から借りた空き部屋だった。その空き部屋は、製鉄会社の東棟の二階にある、板張りのがらんとした部屋で、園児たちが全員、肩を組んで円陣が組めるくらいの、まあまあの広さがあった。教具も何もないのは少し困ったけれど、ないならないで工夫で乗り切るつもりだった。

保育を始めてみると、一枚の風呂敷が海になったり、あるときは大雨や、家になったりする子どもの発想に驚く。何より子どもたちは日に日に成長していくので面白い。背丈もそうだが、この前できなかったことが、もうできるようになっていたりして、大人では考えられないくらいの速さで日々、変化していく。二人で三十二人も見るわけだから、てんてこ舞いなのだけれど、それでも充実していた。

子どもたちの一日が、少しでも良いものになるように、その子ならではの良いところを、見逃すことのないようにと願う。

晴れた日には、敷地の一角を運動場として貸してもらった。

「こわいからいや」と言う子に、「縄が、こっちにきたら飛ぶんだよ」「ちがうよ、あっちに行ったら飛ぶんだよ」などと教えながら、なにやら言い争ってる子がいる。「ボクはお回ししても大丈夫だから！」と、得意顔で主張する子もいる。たった一本の長縄でも面白い。

「さあ先生がゆっくり回すからね」と言ったら、みんなきゃあきゃあ喜んだ。「先生、丸を大きくねー」「ゆっくりね」と声がする。

運営費もぎりぎりだったから、おやつとは言っても、子どもたちにはアメ玉一つ程度しか出せないのだけれど、それでもおやつの時間は大喜びだった。


最初は紙だった。

部屋の扉に挟みこまれた紙に、四文字、「うるさい」とだけ書いてある。流麗な女文字で書いてあるのが、何だか妙に思えた。なんだこれは、と思ってそのままにしておいた。子どもか何かのいたずらだと思ったのだ。

次の日も、扉に四つ折りになって挟みこまれたわら半紙に、書の練習みたいに「うるさい」とあった。字に怒りが増している。特に、うるさいの「い」が怒りで跳ねているようにも思えた。そのことを、設備を貸してもらっている会社の人に相談すると、「ああ……これ、たぶん向かいの奥様でしょうな」と言う。その言い方から、その奥様がかなり、くせ者でありそうなのはわかった。とりあえず紙は一枚でも惜しいので、あとでくず紙を持って行ってもらうときに、少しでもいいお金になるように、きれいに伸ばしておく。

子どもたちは遊ぶときに、むやみに大声をはりあげるということもなく、わたしにはうるさいといった認識はなかった。あくまで常識の範囲だ。歌の時間のときも、ピアノやオルガンがあるというわけではないので、ご近所から苦情が出るほどは、うるさくはないはずだった。

「うるさい」なら「うるさい」ときに「うるさい」と言ってくれれば良いものを、こうやって後からわざわざ紙にしたためる心理状態というのも、怒りの熱量が高そうでひるむ。声が聞こえる範囲に民家は一軒しかないので、匿名で紙に書いたところですぐ誰だかわかるだろうに。

そのうちに、とうとう苦情が直接、場所の貸し手である会社の方に寄せられるようになった。

噂を総合すると、向かいにどうやら神経の細い若奥様が住んでいて、その部屋に子どもの声がよく響くらしい。家が古くからある地元の有力者ということなので、遅番をもうひとりの先生に任せて、とりあえず謝罪に行こうと思った。きっと直接、説明させていただければ、わかってくださるはずだ。

この辺りは空襲で、一面焼け野原となっていたはずだった。その空襲でも焼け残った、土蔵のある由緒正しそうな家だ。門扉のところに斜めに這《は》う松も見事で、表札には久野《ひさの》、とある。

「すみません」と玄関に声をかけると、お手伝いの人らしき年配の女の人が出てきた。

「向かいの保育所の保母、三島ハツ江です。すみませんが、奥様にご挨拶をと思いまして」

「少々お待ちくださいい」と、ひっこんだ後でまたすぐ出てきて、「奥様はお会いになりません」とすました顔で言う。

「うるさいとのことだったので、謝りにまいったのですが」と言うと、またお手伝いさんが奥へとひっこんだ。

また出てきて、「即刻静かにするように、とおっしゃっています」

帰ってくる速さから考えるに、どう見てもすぐ奥の部屋にいるのはわかった。さっと手足が冷えていくような心地がしたけれど、すぐに頭に血が上ってきた。だいたいこの不毛な伝言遊びは何だ。直接顔を見合わせないと伝わらないことだってあるだろうに。

「すみませーん！　すみませーんッ！　たいへん！　申し訳ッ！　ありませーん！　向かいのー！　保育所のー！」

玄関口で、奥に向かって声を出してみる。とにかく、会わないことにはなにも話が進まない。腰の後ろで手を組んで、ちょっと上体を反らす。こうすると声がすごく出ると、校友会活動のいとこから習ったのだ。

渋々といった様子で出てきた奥様は、しゃれたお洋服をお召しだった。なるほど線の細い奥様で、神経もまた細そうだった。美しいけれど、ぴんと張った糸みたいにきりきりと張り詰めているようにも思える。わたしをとりあえず上から下まで値踏みするように見る。下まで見たら、また上まで見て何も言わずにいるので、さっそく謝りの言葉を口にしようと思ったら、即座に「うるさいわよ！」と怒鳴られる。

視線がぶつかるわたしと奥様の間で、お手伝いさんがおろおろと、こちらとあちらを交互に見ている。

「子どもたちの声がお耳に障りますか。申し訳ありませんでした」

「とにかくうるさくて神経に障るの」

「こちらも今後、気をつけますので、どうかお許しをいただけないでしょうか。こんなことを申し上げてたいへん恐縮なのですが、子どもたちには、保育の場が必要なんです」

「保育」奥様は黙った。「保育ねえ……」

「ええ、保育です。子どもはこの世の宝。子どもの健やかな成長のためには、保育の場は必要です。子どもたちは、日一日と成長していきます、手遊びや集団遊びを通してその成長の手助けを――」

「あなた未婚?」

いきなり聞かれる。

「はい」

「保育保育って言ったって、ただの子守でしょうよ。何を偉そうに」

頬のあたりがかあっとなった。たしかに未婚だ。

「未婚で子どももいないくせに、いったいあなたに子育ての何がわかるの」

たぶん、それは奥様が毎日毎日、保育所を見ながら、懐でずっと研いでいた言葉なのだろう。

「とにかく、静かにしてちょうだい。言いたいことはそれだけよ」帰り際に「それにあなたの歌が最後の方ちょっと半音ずれるのが我慢ならない」とまで言われた。

帰る道すがら、ちょうど土手の散歩から戻ってきたのか、子どもたちの一団も帰ってきたようで、「先生！」と口々に呼びながらまとわりついてくる。

すぐに笑顔を作って「土手で何の虫見つけた？」と聞いてみると、口々に「バッタ！」「テントウムシ！」などとみんなが叫ぶ。声を気にして屋敷を見ると、ぴしゃっと音高く窓が閉まった。

それからも気をつけて、外で遊ぶときにはなるべく遠出をしたり、窓を閉めたり、あんまり子どもたちが騒ぐようだったら手遊びやお絵かきに誘ったりして、気をつけていたのだけれど、その日は突然やってきた。

場所を貸してくれた製鉄会社が、もうこの保育所に場所を貸すことができなくなったのだと言う。詳しくは教えてもらえなかったのだが、どうやら裏から、何らかの方法で手を回されたようだった。

まさかと思っていたら本当で、週明けにはすべての物を運び出し、ここから出て行くようにと言われてしまった。あわてたのは保護者たちだった。この新野地区には、他に保育所として使えそうな建物はない。預かっていた子どもが、来週からいきなり預かれませんとなれば、何もかもが立ちゆかなくなる。父母の会の幹部である坂井田《さかいだ》さんが保護者を集め、緊急で集会が開かれた。場を仕切ると言うと、この坂井田さんの奥さんが必ず前に出てくるのだが、なかなか進まない議論に、坂井田さんの声もいら立ちを増す。

来週から、とりあえず雨の日は、ある保護者の自宅の一室を、無理をおして空けてもらうことになり。

晴れの日は――土手で保育をすることが決まった。

ぼろぼろの雨傘からは水が漏るので、なるべくその破れを、歩くのに影響のないところへ回すのが常になっていた。

この新野地区は川に囲まれているということもあるけれど、土地自体も低いところにあり、雨が降ると、道という道にはとても大きな水たまりができる。地面はぬかるんで、靴は、決まってどろどろになってしまう。帰ると、とりあえず靴を洗わなければならない。気をつけて歩いてきたはずの服にも、跳ね上げた泥がひどいことになっている。

家に着くころには、あたりはもう夜も更けていて路地は真っ暗だった。建付けの悪い戸を開けると、傘を畳んで靴をたらいに入れた。お腹がすいて仕方がない。もう下の弟や妹たちも、寝静まった後だ。

母親が米びつからご飯を山盛りにつぎながら「まったくもう、毎日毎日なんでこんなに遅いの」と言う。

ちゃぶ台を前に正座して「いただきます」と言った。

乱暴に漬け物の小鉢が出てくる。

「もうやめてしまいなさいな保母なんて。そんな思いまでしてやることでもないでしょ。来週から、部屋どころか屋根もないなんてそんな無茶な。馬鹿にしてるわよそんなの」

もう一人の先生も、これを機にやめることを決めたのだった。

「でも、今わたしがやめてしまったら、子どもたちはどうなるの」

「そんなのどうにでもなるわよ。今までもどうにでもなってたんだし」

「でも子どもたちの保育を――」

「そこまでハツ江がかかわることでもないわよ。ただの仕事でしょ仕事」

「でも」

「でもじゃない。お給料だって今月、まだもらってないんでしょうが」

そうなのだ。普通でも分割で、それ自体、何週間も遅延することだってあった。今回のは三週間も遅れている。

「きちっと給金が出るところに移りなさい。もっと施設がいいところだっていくらでもあるんだし。土手の原っぱで子どもたちの面倒を見るなんて……」

そんな思いまでしてやることもないでしょ。母はよくそう言った。

いつもは暗くなってから帰って、ご飯を食べて、明日の教具の準備をしたら、倒れるみたいにしてすぐに寝てしまうのだが、眠りは浅かった。

奥様の放った刃は、いつまでもわたしをじくじくと刺し続けていた。

——ただの子守でしょうよ——

その言葉を自分でも跳ね返せないのは、保母としての、今の待遇の問題もあった。自分は精一杯、保育の専門家として、子どもが安全に過ごせるよう、発達にあった働きかけができるよう、考えながら尽くしているという自負がある。でも今の状態は、確立されたしっかりした保育園というわけでもなく、園舎も仮で、組織も給与体系も、何もかもが急ごしらえのものだ。会計をしてくれていた先生ももういない。これからは自分ひとりでなんとか保育所を運営していかなければならない。

今、きっちり保育料を支払ってくれている保護者は半分以下だった。今月苦しいんです、本当にすみませんと頭を下げられると、それ以上強くは言えない自分がいた。保育が始まってからというもの、日があるうちに家に帰れたことはなかった。まだ駆け出しだし、できたばかりの団体なのであまり強くも言えないのだけど、半月以上を無給状態で走り続けるのは、ただただ辛かった。

雨傘ぐらい、新しいのが欲しい。そう思っても買い換えることもできず、ずっと穴あきのままでいる。

何時になっても迎えにこない親もいて、自分だけ先に夕飯を食べるわけにもいかず、蒸しパンなんかを子どもと半分こに分けて食べることもある。そんな予定外の持ち出しも重なると、その金額が積もりに積もってけっこうな額になっていた。それでも、蒸しパン半分の分のお金を請求します、とはとても言えなかった。

これでやっていけるのは、保母というこの仕事に誇りを持っているからには違いないのだけど。

預けている保護者自体も、ただの子守だと思っているのだとしたら。保育料ではなくて、単なる子守のお駄賃だと思っているのだとしたら。

わたしは、最初の志が、早くもあちこち、ほころびかけているのを感じていた。

間借りしていた製鉄会社の部屋は、今日を限りに使えなくなる。わたしは窓の側で外を気にしながら、事務仕事をしていた。奥様が外に出るのを待っていたのだ。ちょうどその曜日は、決まって奥様が通りまで出て、タクシーでどこかへ出かけるのを知っていた。

子どもたちをもう一人の先生にまかせ、わたしが近づいていくと、奥様は鞄《かばん》を身体の前で抱えて、いくぶん後ずさりした。わたしに正面から何かを言われるのを恐れている様子だった。この会社の敷地を管理しているのは久野家だ。やはり保育場所がなくなったのは、奥様が手を回したからに違いなかった。

「奥様お世話になりました」

頭を下げる。

「今まで保育所の騒音の件、いろいろとご迷惑をおかけしてすみません」

さっきまで、斬られる前の人みたいな表情でいたので、わたしが謝ったことで、何だか様子がつかめないようだった。

「でも、この新野町に、いつかりっぱな保育所を作ってみせます」

奥様が、こちらをまじまじと見ている。

「奥様のお子さんもまかせてもらえるような、そんな保育所をです」

わたしは黙っている奥様を残して、もう一度礼をする。

「それでは」

そのまま保育所の部屋の方へと歩き出す。

部屋に戻ると、子どもたちは、思い思いの遊びをしている。あそこではままごと、あっちでは独楽《こま》遊び。

ふと見ると、机の上には、「みしませんせい」と書かれた紙と、目がぐるぐるに描いてある似顔絵があった。鉛筆で力一杯描いているので、机の木目がはっきりとうつっていて、ちょっとがたがたになっている。その顔も鼻も目も丸く、なかなか特徴を捉えているなと思う。しりとりで「よ」が出ると必ず言う、好物のようかんが顔の側に五つも六つも添えてある。

わたしは、負けない。


今日は暑くなりそうだった。

新野橋を渡って、土手に登り、葦が風になびくのを横目に原っぱまで。遠い道のりで手が汗ばんでいる。手に持っているのは、子どもたちの大好きな紙芝居だ。

土手を歩いてくるのが見えたのか、もう待ちきれないように「みーしーまー先生！」と、跳ねるようにして子どもたちがやってきた。

まずはみんなで手をつないで、土手を散歩する。良い頃合いになると、原っぱに丸く座らせてハーモニカの伴奏で歌を歌った。〝麦わら帽子にー　トマトを入れてー〟トマトのところを、子どもたちが好きな果物にすると、みんな笑った。自分の好物の、ようかんに変えても歌った。

歌の後は虫取りをしたり、葉っぱ遊びをしたり、花輪を作ったり。元気のいい子どもたちの声は、青空に吸い込まれていくようだった。

そうはいっても土手、教師一人で見るのはいくらなんでも大変で、安全面でも心配だということで、父母の会が立ち上がり、手の空いているお父さん、お母さんも一緒に子どもを見てくれるようになった。

雨の日は、ある保護者の自宅におじゃまして、保育をさせてもらうことになった。保護者と顔を合わせると、園舎の話になった。仮でも間借りでもいい、せめて雨風が防げるような園舎ができたらと。でも、どんなに園舎が欲しくても、復興に手いっぱいで物のない時代、世は新円切り換えのためインフレも激しく、木材などの資材自体もまるで足りていなかった。

たとえ資材があったとしても、闇市で横行している木材は、ありえないほどに値段が暴騰していたのだった。奥様には「いつか保育園を作ってみせます」と顔を上げて宣言したものの、園舎なんて夢のまた夢なのは、働いている自分が一番わかっていた。国の認可も下りていない、小さな保育所。給料すらずっと遅れたままなのだ。

梅雨時《つゆどき》になり、雨のせいで土手にも行けなくなり、保護者宅の一室を間借りして保育をする日が続いた。

部屋は、端から端まで子どもを避けて歩くのにも苦労するくらい、幼い子たちで満員だった。満員の部屋を見わたしながら、ここが踏ん張りどころだと思った。いつかどこかの部屋が借りられるかもしれない。そのいつかはいつになるかわからないし、この状況にいつまで自分が耐えられるのかもわからない。ただ、力を尽くして日々を送るしかなかった。

奥様が、子どもがいないことで、ずっと姑《しゅうとめ》に責められ続けていたことを知ったのは後のことだった。わたしにむけて言い放った、「子どももいないくせに、いったい何がわかるの――」という刃は、きっと奥様をも、長年傷つけ続けていた刃だったのだろう。

梅雨空のその日も天気が悪く、湿った生暖かい空気が肌にまといつくようだった。

朝から妙な風が吹く日だった。昼から降るというので、部屋に移動して子どもたちの面倒を見ていた。

ごろごろと寝ながらお人形遊びをしていたりして、なんだか、だるそうにしている子どもが多いなと思ってはいた。

「先生。ねむい」と言い出した子の額に、手を当ててみると、はっきりとわかるくらいに熱が出ている。他にも体調を崩す子が出て、風邪でも流行っているのだろうと考えた。

迎えにきたお母さんも、「お腹風邪でも流行っているのかしら」と言いながら、子どもをおぶって帰っていった。わたしもそう思っていた。そのときまでは。

全員を家に帰し、部屋の持ち主に礼を言って帰ろうとしたときのこと。場所を借りていた家の奥さんが、血相変えてやってきた。そういえばここ二三日、この家のおじいさんの姿を見ていないなと思っていたのだ。どうやら体調を崩して伏せっていたようで、今日病院で検査を受けていたらしい。

——赤痢。

子どもたちが、借りて使っていた便所は、おじいさんが日ごろ使用していたのと同じ便所だ。

赤痢とは、発熱で始まり、激しい腹痛、下痢、血便が何日も続く。たった十個ほどの菌でも体内に入れば感染するという、恐ろしい感染症だ。

特に小さい子どもは重症化しやすく、死に至ることも少なくない。一度患者が出れば、子どもたちに感染が爆発的に広がる可能性がある。

治療できるようなワクチンは、ない。

あの発熱はもしや、と思い、挨拶もそこそこに駆けだした。父母の会の幹部全員に声をかける。そこから全父母に連絡をしてもらった。

発症者は園児七名。保護者が、弱弱しくうめき声をあげる子どもを抱きかかえて、土手を急ぐ。わたしも保護者の後に続いた。

七名のうち、年長組男の子二名が特に症状が重い。ひとときも目が離せないような危険な状態だった。そのほかにも、体調を崩している子らが続々増えていると伝え聞いた。

「申し訳ありません……」病院の床についた手はひやりと冷たく、「先生もういいですから」という声にも、立ち上がることはできなかった。

もしも子どもたちが死んでしまったら、と思うと、なぜ感染したのが大人の自分ではなかったのかと悔やまれる。

第一次の入院に次いで、翌朝、十名を三回に分けて入院、また次の日、二名を入院させ、園児の半分ちかく、合計十九名の園児が入院するという大事になってしまった。

重体の二人の男の子が、幸いにも危険な状態は脱したと聞いたときには、ほっとして力が抜け、椅子に座り込んでしまった。しかし赤痢菌の潜伏期間は五日。いまのところ、自分は症状が出ていない。でも、もしもすでに、身体の免疫機能が弱い、小さな子どもたちにも感染していたら。

生きた心地がしなかった。もう、祈ることしかできない。

昼間は借りていたお宅と患者家庭の大消毒を手伝い、家族と園児の検便も行われた。保健所、町内会を挙げての応援態勢が組まれた。

消毒と病院の付き添いに、子どもたちの見舞い。ほとんど家に帰らずに対処に当たった。

「先生ひどい顔してますよ、ちょっとでも寝てください」と言われても、家でのんびり寝ていることなんてできなかった。こうしているあいだにも、教え子の、どの子かが亡くなってしまうのでは、と思うと、じっとしているのが怖かった。

赤痢になった子どもたちは、便所を使用した子に限られていたようだった。まだ身体の小さい年少組はおまるで、便所を使っていなかったというのは、不幸中の幸いだったかもしれない。

子らが入院している一ヶ月の間は、保育所は休みとなった。

赤痢での入院は、隔離病棟となるので、家族ですら自由にお見舞いはできない。その間、手紙や遊具を持って、毎日病院に届けに行った。

危機を脱した子どもたちは、自分たちで部屋のお当番を決めて、しっかり入院生活を送ったようで、「大人の部屋よりずっときれいだよ」と褒められたと聞いた。

帰り道。「これ、子どもたちからです」と言って渡された、四つ折りの手紙を開いてみる。

――みしませんせい。あのね。かえるとき、くらいからきをつけてね。くるまにね。

ようかんがたくさん描いてある。

明かりがにじんで、仕方がなかった。服の袖で、目をぬぐった。

戦後二万人を超える死者を出した赤痢だったが、園児たちの中でひとりの死者も出なかったのは、本当に奇跡的なことだった。

保育が再開されようという頃、緊急集会が行われることを知った。父母の会の幹部である坂井田さんが、また保護者全員を集めたらしい。会場である公民館へと向かう、わたしの足どりは重かった。

赤痢事件という大きな不祥事を起こしてしまった以上、今から行われる話し合いが愉快なものであるわけがない。

いくら保母とは言え、やはり合う合わないはあるもので、表には出さないように気をつけていたのだけれど、坂井田さんというのは、わたしが一番苦手としている保護者だった。

小柄な父親よりも、大柄な母親に発言権があって、母親主導で広告事業を大きくした、新野地区きっての成功者だった。南国の派手な鳥みたいな雰囲気で、よく話し、よく動く。普段からインテリめいた言動も多く、何かにつけ「わたくしが女学校で学びましたのは」とかいう枕詞がつき、ことあるごとに教育論をふっかけてくる、ちょっとやっかいなお母さんなのだった。若くて頼りない、ひよっこのわたしを指導しなくては、と思っている節もありそうだった。

子どもにも、読み書きをきっちりやらせているらしく、「先生、保育に論語を取り入れては」などと、たびたび意見してくるのも困りどころだった。わたしの考えでは、子どもは遊びを通して、物の道理を知るのであって、教科書的な勉強は土台ができたその後だと思っている。「あら先生ずいぶんモンテソーリ派なんですね」などと言われ、くすくす笑われるのも苦手だった。

保護者が隙間もないくらいにぎっしりと座る中、前に出て深く一礼した。呼吸が浅くなる。

今からどう糾弾されるのかはわからない。できることならもう少しだけ、せめて今の子どもたちが学校に上がるまでは、成長を見ていたかった。

なわとびが上手になったマリちゃん。鉄棒のくるりができて得意そうだったタケルくん。電車の絵が一等上手だったレンくん……子どもの顔が次々と浮かぶ。

保護者全員が、一心にこちらを見つめているのがわかって、息が止まりそうだった。

「このたびは、皆様には大変なご迷惑をおかけしました。子どもたちがみんな無事だったとはいえ、このような不祥事を起こしてしまい、大変申し訳ありません」

しん、と静まりかえっている。深々と下げた頭を上げるのが怖かった。「先生そのあたりで。お疲れ様でございました。今日お集まりいただいたのは、そのことが主題ではございません」

坂井田さんは続けた。

「皆さん、少しお考えになってくださいましね。ここにいらっしゃる皆さんのお財布から、千円が盗まれたとしたら、いかがでしょうか」

聞いている保護者たちは、話の流れが読めないのか、妙な表情をしたまま黙っていた。わたしもそうだった。

坂井田さんは、部屋中を見回して、ひとつ頷いた。

「お怒りになりますね。当然でしょう。泥棒ですよそんなもの」

もしや、赤痢に続いて、何らかの盗難騒ぎでもあったのかと思い、気が遠くなる。

「ここに同じことをされている人がいらっしゃる——と知ったら、皆さん、いかがですか」

部屋は静まりかえっていた。

「先生」

はい、と言いかけて、口が回らず、声が裏返ってしまった。「ひゃい」

「先生、ずっとお給金は遅延か分割で、まだ五月分の残りと、六月分も満額支払われてないとか。それは本当でしょうか」

「いえっ、でも、それはいいんです。お金は、あ、あったときで、後でもぜんぜん、かまいません」

うろたえて、もう何を言っているのか、自分でもわからなくなってきた。

「センセ?」

その声がひやりとしている。きた、坂井田さんの怖いにらみが。

「先生、何か思い違いをなさっているのではないでしょうか」

「思い違いですか。いえ、わたしは、別にお給料は、特に……」

「いいですか先生。先生はもらうべきはずのお給料を受け取れていない。これは財布からお金を抜かれているのとなんら変わりません。労働力の搾取です。搾取」

へんな汗が出てきた。サクシュって何だろう、と思って、漢字の搾取の意味が出てくるまでに時間がかかった。

「搾取ですか……いえ、わたしはただ、子どもたちと、共に成長していくのが楽しいので」

「この中には魚屋の方もいれば豆腐屋の方もいらっしゃいますね、一つ売ればお金が入ってくる、当然です。じゃあ保育は？　保育だけはお金は入ってこなくても別に構わないということでしょうか」

「でも、みなさん、あの……その、苦しいご家庭もありますし」

「無理な家庭は無理で仕方がないかもしれません。けれどこの状態はゆゆしき問題だと思います。大事な子どもを預ける園舎もなければ、子どもを指導する先生にもお金が渡っていないこの現状、そんなことで我々保護者は、胸を張って保護者だと言えるんですか！」

坂井田さんの煽《あお》りに、目の前が暗くなる。

「いえあの、わたしは本当に結構ですから！」

「思い違いをなさらないでくださいましね」坂井田さんの声はどんどん冷ややかになっていく。「先生は結構でも先生の後に続く後進の先生はどうなるんですか。先生のやる気があるのは大変、た、い、へ、ん、結構なことです。ですが先生お一人のやる気に依存し、搾取され続けている今の状態で後進は育つんですか。こんなことでこの先、保母という仕事が専門性を持つ一つの仕事だと胸を張って言えますか」

恐ろしいほどの静寂だった。

「今後、みなさん保育料は、ゆめゆめ遅延のないようにお願いいたします。あと一点」

だん、と音がした。坂井田さんが、足を力強く床についたのだ。

「わたくしたちの保育所に、園舎を」

ざわつき始めた。「そんなこと言ったって金は」とか、「出せるお金はもうない」などという否定的な言葉が伝わってくる。皆さん、生活だって精一杯なのだ、園舎のために資金を募ろうというのも現実的ではない。

「では、わたくしめの案をご覧ください」

坂井田さんが、丸めて持っていた紙をぱんと張った。

――ビヤホール・大夜市計画――

「金はなくても労力は出せる。ということで、寄付するお金がないとしても、各家庭でできる範囲で身体を動かすのはいかがでしょう。不要品もバザーに出せば利益となり得ます。ご協力を」

一斉にざわめく。皆、生活が苦しいのは同じなのだ。気持ちの余裕だってない。

ご静粛に！　と坂井田さんが声を張った。

「このまま、園舎もないままに子どもたちを外で適当に遊ばせておけと？　せめて雨風をしのげる園舎は必要ではありませんか。わたくしたちの子どもたちのために！　そうでしょう？　先生」といきなり話を振られる。

「あ、ハイ、もしもそういう催しができるのであれば、わたしも精一杯頑張らせていただきます。子どもはこの世の宝です。少しでも子どもたちのためになりますように。環境が整いますように」

まばらな拍手がいつしか全体の拍手となっていた。わたしは頭を下げ続けていた。

帰り際、坂井田さんに声をかける。

「あの。ありがとうございました」

「別にお礼なんて。わたくしは別に先生を助けたつもりなどございません。当然支払われるべきものは支払われなければならないと思っただけですから。経済活動として当然です」

ああ、ややこしい人だ、と思うけれども、やっぱり嬉しかった。

「それに、この計画がうまく運ぶかどうかはわかりませんから」

坂井田さんはこちらを見た。「でも人生で博打すら打たないなんて、眠たくてやってられませんわ」と言って帰っていった。

その後、遅れがちであった、保育料からの給金は、ほぼ期日通りに支払われることになった。給金自体も少し増えたのはありがたかった。穴あきだらけだった雨傘もようやく新調することができた。

あの話し合いを境に、保護者の意識も変わったかもしれないが、わたし自身の、保母という仕事に対する意識も変わったように思う。

神社境内にある空き地に、明かりをつけるともうすっかり祭りの夜だ。リヤカーで運んできたアイスクリンの前には行列ができて、「いっぱいつめてね」と先頭の男の子が声をかけている。重くて丸いジャーの蓋を開けると、アイスクリンの卵色がみっしりつまっていて、いかにもおいしそうだった。それを、ねじりはちまき姿のおじさんが丸い器具でかき取ると、コーンの上に載せる。「落とさないようにな」

おじさんがこちらに気がついて「先生もどうです」と笑った。保育所に園舎を、ということで、集まってくれた近隣の方だった。

すぐそばでは、じゅう、という音と共に豚肉が鉄板に広げられ、そこら中に良いにおいが立ちこめる。お父さんたちが手際よくキャベツを加え、炒め始める。煙に誘われたのか、もう待ちきれないように、鉄板の前で立ち止まっている子どもたちもいる。麺をほぐして炒め、できあがりに青のりとソースをかけると、おいしい焼きそばの完成だ。できあがる頃には、長い列ができていた。

あちらでは不要品のバザーも。裁縫の得意なお母さんたちが縫った子ども服が次々売れていく。

夏の日の大夜市は大盛況、あちこちから、「焼き鳥！　焼き鳥はいかが！」「ビールはこちら」と呼び声がかかる。

町の人たちも光に集まるように次々やってきて、ビールで乾杯。そのそばで、子どもたちがせんべいのくじをひいている。隅に置かれた募金箱にも、次々とお金が入れられた。

大夜市は大成功したとはいえ、集められたお金は、園舎設立にはほど遠かった。資材に使えるような木材自体もなく、横流しされた闇市の資材を使うとなると、恐ろしいほど高くついてしまう。そうなれば園舎の玄関すら建てるのは難しいだろう。まず、それよりもはるかにお金のかかる、土地のあてもなかったのだ。

＊＊＊

小さな公園で、平坂とハツ江はベンチに座っていた。蟬《せみ》の声が響いている。一匹が鳴きだすと、他の蟬もつられたように鳴きだした。長い間を地中で過ごし、次の夏を知らずに死んでいくこの命の短さを、蟬自身はもちろん知る由もない。振り返れば、あっという間に過ぎてしまったような人生も、似たようなものかもしれないと思う。

ハツ江は自分の手を見つめた。

ハツ江の話を聞いていた平坂は、話の続きが気になるようだった。

「園舎設立には、お金、足りなかったんですね」

「そうだねえ、一日のみのお祭りで、集められるお金はたかが知れているよ。それに、当時は木材の値段も、ものすごく上がっていたんだ。園舎建設はあきらめるしかなかった」

「そうでしたか……それは残念です」

平坂の表情が曇る。

「でもね」ハツ江が立ち上がると、首のカメラがぶらんと揺れた。「そろそろかな、さあ平坂さんも立って立って」

曇天の土手の上には生暖かい風が吹いていた。ハツ江が、目の上に手をかざして、向こうをじっと見ている。

「きたきた、ほら、あっちを見てみてよ」

そおれー、そおれーというかけ声がする。ドンドンドン、と太鼓の音も。子どもたちの歓声もする。

ロープを持った人たちが、お祭りの山車を曳《ひ》くような姿で見えてきた。

曳いているのは――大きなバスだ。

みんなで太い綱を持っている。背中に赤ちゃんをくりつけているお母さんから、すててこ姿のお父さん、割烹着の腕をまくり上げたお母さん、いろんな人々が思い思いの格好で、懸命に綱を曳いている。子どもたちも大きい子は綱を曳き、まだ小さいのは道の端から声援を送っている。

地面に斜めになるみたいにして、小柄な女の人たちも顔を真っ赤にしている。

「ほら、あそこにいるのがわたしだよ、顔真っ赤だなあ、歯を食いしばって、梅干しみたいになってる」

ドンドンドン、という太鼓の音がもっと大きくなった。

「園舎は買えなかったけどね、都バスの廃車は運輸局の払い下げで買えたんだ。土地は土手下の空き地をうまいこと借りられた」

急に空が、端っこから暗くなるみたいにして曇ってきた。

ぽつん、ぽつんと雨が降ってくる。夕立だ。バスを見ているハツ江にも、ちゃんと懐に入れる。

雨粒が当たっている感触はあった。カメラはたぶん、雨にぬらしてはいけないだろうと思ったら、平坂がそつなく、折りたたみ傘を出して差し掛けてくれていたのだった。人生の最後に、このおにいちゃんと相合い傘か、と思った。

「もともと廃車だから、エンジンも途中で故障しちゃって。重機とかで曳けたらよかったんだけど、そのお金もないから、もう人力だよ」

雨粒がばらばらと傘を打つ。

大きな声がする。「先生どうします！」

「もうすぐですからー！　すみませんー！　このままー！　行きましょう！」

高い声が響いた。すぐに雨は土砂降りとなる。みんなずぶぬれになりながら、それでも綱を曳いている。ようやく土手下の空き地に入るまでには、ちょっとした坂があったりして時間がかかった。雨の中、みんなどろどろに汚れていく。定位置になるまで、微調整は続いた。

雨は通り雨だったらしく、今度はところどころに晴れ間が見えてきた。

「バスを園舎に、保育園が始まったんだよ。わたしはそこの初代園長」

斜めに光が差しこんでくる。

「七十年経った今は、鉄筋三階建てのコンクリートの園舎になってるけどね。最初は一台のバスからだったんだ」

若きハツ江園長が、バスの正面にすっくと立った。

「据え付け終了です！　みなさん、ありがとうございました！」

バスを囲んで歓声が上がる。子どもたちは水たまりをものともせずに駆け回る。普段だったら叱るかもしれないが、もう全員ずぶぬれなのだ。

「あーあ。みんなずぶぬれだねえ。わたしも汗か泥かなんか、もうわかりゃしないよ」

言いながら、カメラを構える。

「でも、いい顔してる」

ハツ江は、ファインダーの四角に、バスとみんなを入れた。いったん服の袖で目頭を拭うと、「シャッターはここだっけ」と聞く。

「はい、こちらです」

平坂が指で示す。ハツ江はその小さな突起を確かめるように指で探ってみた。シャッターを半押しすると、レンズが繰り出す音がした。

キヤノンオートボーイの、カシャッという小さなシャッター音が響く。

ハツ江は、雨上がりの土手をただ、歩く。葉に、輝く雫《しずく》をいくつものせた草のわきから、不意にカエルが跳び出てきた。カエルが、ちょっとこちらを気にしたようなのは気のせいか。足の近くを跳ねて、また、草の茂みに戻って行った。

土手を吹く風が心地いい。

平坂が、では、そろそろ、という顔をする。

「平坂さん、もしよかったら、せっかくだから、日が暮れるまで、川辺をずっと散歩してみるのはどうだい」と誘ってみる。

こうなってみると、風も、そのあたりの雑草さえも名残惜しい。

遠くに、四本のお化け煙突が見えていた。

「バスが園舎になってから、雨の日はバスの中で大騒ぎだったよ、椅子を机に、吊り革は遊具に。狭くてきゅうきゅうだったけれど、屋根ができたのが嬉しくてね。やっとわたしたちの園舎ができたんだって」

　ハツ江は風に目を細める。

「あのあと、毎年みんなで大夜市やら、バザーやらをまめにやってね、集まって服を縫う裁縫部なんかもできて、こつこつお金を貯めて、今度はあのバスから、やっと木造の園舎が建つようになったんだ」

「待ちに待った木造の園舎ですね。それは素晴らしいです」

「立派なホールもできてね。ホールができたら、お遊戯とかもやりやすくなった。だから、今度、いつかは念願のピアノを買いたいな、って」

「ピアノですか」

「当時でも高いんだピアノはさ。だから当分ピアノなんて買えないだろうと、みんな思ってた」

「そうですか……」

「ずっとピアノのための積み立ても続けていてね。寄付を募ったんだけど、募金の名簿に、ある人の名前があったんだ。平坂さん、誰だと思う」

平坂は考え込んでいる。答えは見つからないようだったので、答えを言ってやることにした。「奥様」

「奥様って、あの〝うるさい〟って書いて、園児を追い出した奥様ですか」

「そうそう。いつか、あのときの罪滅ぼしをしたいって思ってたのかねえ。知り合いのつてをたどって、一番いいピアノを安く園に卸してくれるように、陰で交渉までしてくれたんだって。ずっと後で聞いたよ。まあ、わたしの音程がちょっとでもマシになるようにっていう、奥様流の皮肉かもしれないけどね」

二人して川を見ると、船が下流に向かって渡っていくのが見える。通った後は、波が幾筋もの線を描いていた。夕日を受けて、その波が小さくきらめく。波が消えてしまうまで、二人してじっと眺めていた。


ふっと意識が揺らぐと、写真館の白い部屋に戻ってきていた。背後の扉は、もう閉じられている。

「ハツ江さんは残りの写真を選定してください。私はいったん、フィルムの現像に入ります」

機材庫の横は暗室となっていたようで、平坂が扉を開けると、四畳ほどの部屋の中に、妙な赤い光の灯や、見慣れない機械が並んでいるのが見えた。「あとでこの暗室の中もご案内します」

ハツ江は驚いた。

「暗室？　写真って、よく知らないけど、そういうのは今どき、全部、機械でやるんじゃないの。平坂さんが、自分の手で現像するの？」

「ええ。もちろん自動現像機も、プリンターも、あることはあるんですが……」

平坂は、ちょっと含みのある言い方をして黙っている。何と言おうか考えている様子だった。

「ええと。それはもしかして、楽しいから？」ハツ江が聞いてみると、図星だったようで、「ええ。単なる私の好みです」と平坂が笑った。

ハツ江は、机の上にある写真の山、一枚一枚に見入る作業に戻る。どの写真もこうやって見れば懐かしい。その中でも、自分の心が強く動いたものを選び出していく。

木造の新園舎ができたときの一枚。植えたばっかりの園庭の木がひょろひょろだったこと。卒園式の飾り付けと、ぴかぴかのピアノ。全部は選べないかもしれないけれど、どれも自分を形作る、大切な思い出だった。

しばらくして、「ハツ江さん、フィルムの乾燥までが終了しました。さっきお撮りになったフィルム、ご覧になりますか」と呼ばれたので、暗室の中に入る。

暗室には、薬品の臭いなのか、独特の臭いがした。

平坂が暗室の中で、天井から長くぶら下がったフィルムにハサミを入れているところだった。カラーネガなので、色が逆になっていて、よく撮れているかどうかは、あまりわからない。

流しの所に、赤とえんじと、紫を混ぜたような変な色の液が二つ、四角く平らな皿に入れられて並んでいた。その隣には水の入った皿がある。水は細く、出しっ放しになっていた。

「何枚かお撮りになったものから、一番良い写真を選んでいただけるよう、見本として、全部のコマを確認できるものをお作りします。よかったら工程をご覧ください。こちらはカラーのフィルムなので、暗室は本当の真っ暗になりますが、少々お待ちを」

平坂の隣に立つ。明かりが全部消えて真っ暗になった。

そうこうしているうちに、ピカッと機械の明かりがつく。

「暗い中すみませんが、そのままお待ちください。工程としては、印画紙をこちらの発色現像液につけたあと、漂白定着液につけ、あとは水洗でご覧になれます」

暗闇の中で平坂が移動したのがわかった。さっきの変な液に紙を浸しているらしい。かすかな気配がする。

「できました」

明かりがついて、目をしばたたかせた。見れば、水の中に一枚の紙が漂っていた。その中に、自分の撮った写真の全コマが小さく、整然と並んでいる。

「おお、撮れてる撮れてる」

嬉しくなる。

「いま乾燥させますので、どの写真がいいかお選びください」

機械にかけて乾燥させた紙には、フィルムのコマがきっちり並んでいる。

どれにしようか迷うなあ……と専用のルーペで見ながら、「これ」と指さすと、「私もそうだと思っていました」と平坂も頷いた。

設置が終わったバスの前で、みんなが笑顔になっている写真だ。

「それでは、このコマを大きく引き伸ばしましょう」

作業をする平坂の隣に立ち、そうだねえ、もうちょっと色を濃く、いや、少しだけ薄く、もうちょっとここの色は赤っぽいほうがそれらしい、などと細かい意見を言うと、平坂はそのたびに、「はっきり好みをおっしゃってくださると、こちらとしても本当に助かります」と言った。

没となった印画紙がどんどん増えていく。

「こんなに無駄紙を出したら、なんだか紙がもったいない気がするよ」

「いえ」平坂は首を振る。「最高の一枚を作り上げるのには、必要な過程ですから。印画紙はけちらずに使って、これぞ、という一枚を一緒に作りあげていきましょう。ここで妥協をしては、いいものはできません」

もうこれ以上、どこにも触るところがないくらい、渾身《こんしん》の一枚ができたころには、奇妙な連帯感が生まれていた。

写真に見入る。

雲が切れたあたりから斜めに西日がさして、天上からの光の筋のようになっている。中央にはバスがぬれた表面をつやめかせ、窓ガラスの水滴がその前の雨の強さを物語っていた。バスの前に自分が立っていて、頭を下げ終わったあとの、すべての力が抜けたいい笑顔をしていた。髪もぺちゃんこで、服もずぶぬれでみすぼらしいことこの上ないが、人生の中で一番の笑顔かもしれないと思う。父母の会のみなさんが周りを取り囲んでいる。割烹着を腕まくりしたお母さんがいて、力自慢のみいちゃんのお父さんがすごい太さの腕を見せている。こんな時でもやっぱり派手な坂井田さんも隅にいて、わあっとみんなの感情が爆発しているのがわかった。その周りを子どもたちが走り回って水しぶきが上がっている。

「ありがとう。人生最後の一枚が、こんなふうに仕上がって嬉しい」

「お手伝いができて何よりです」平坂も満足げに頷いた。

その後も、写真を九十二枚選定する作業はずっと続いた。いったい時間にしてどのくらい経っていたことだろう。ここにいると時間の感覚が希薄になるようだった。昼も夜もなく、時間を連想させるものがまったくない上に、自分の方にも眠いなどの感覚が湧いてこないので、見当がつかなかった。たまにはお茶休憩を挟みながら、世間話をしながら、一枚一枚を選び出していく。

最後の一枚に見入る。最後の一枚は、自分が病院の寝台の上に横たえられていて、近くに住む妹や甥《おい》たちがきてくれているところだった。元から体格は大きい方でもなかったけれど、空気の抜けた風船みたいに、小さくしぼんでるなあと思う。妹は手を握ったり、甥たちがハンカチで目をぬぐったりしている。

選んだ写真を、九十、九十一、九十二……と数えて、数に間違いがないことを確認する。

平坂は選び出された九十二枚の写真の束を見ると、「これだけの量だとやりがいがありますね」と言った。見てみると、平坂は、作業台の所で、一枚一枚をルーペでチェックしているようだった。

「いいな。うらやましいです」

平坂が、作業しながらぽつりと言った。写真の選定が終わり、平坂の方でも、気持ちがほぐれているようだった。「さっきハツ江さんは聞きましたよね、私が生きていたときのことを」

「いや、平坂さんが言いたくなかったらいいよ。気にしないで」と、ハツ江は言う。

「実はですね。……何にも覚えていないんです」

平坂が、注意深く、何かの薬品をビーカーにあけた。

「覚えていないって、どういうこと」

「普通、亡くなるときには、ハツ江さんみたいに、誰しも人生の記憶と、写真があってしかるべきなんです。例えば、認知症を患って、一見、記憶を失くしたように見える方でも、こちらにきたら記憶がきちんと戻るようです。人生の写真も、もちろんあります。誰しも、人生の最後には、過去を振り返ることができる。でも、私には何にもなかったんです。記憶もなければ、写真もない。何かの間違いが起きたらしいのですが、ほんとうに異例のことだったようです。だから、宙ぶらりんのまま、ここへ。

手に持っていたのは、一枚の写真でした。記憶の写真とかではない、ただの写真のようです。自分が写っているのですが、いつ撮られたのかも、誰に撮られたのかも、まったく覚えはありません」

そうだったのか、とハツ江は思う。

「その写真って、どんな写真だったの。もしかして、背景とかに手掛かりがあるかもしれない。服装から年代だってわかるかもしれないし」

平坂が女だったら、まだ髪型とか服の柄とかでわかりやすいんだが、とハツ江は思う。何かわかることがないだろうか。

「そう思って自分でも調べてみたんですが、まったく何もわからないし、思い出せないんです。山の中の写真のようなんですが……」

そう言って、平坂がどこかに写真を取りに行った。差し出された写真は、白い写真立てに入っていた。なるほど平坂が、こちらを向いて笑っている。白黒写真だ。背景は山の中なのかなんなのか、よくわからない。でも髪型も服装も今とまったく変わっていない。襟も立ち襟になっている白シャツだ。

何もわからない。平坂の頭の上のほうが見えているので、地面に座っているのだろうか。撮っている人は中腰になっているのかもしれない。わかるのはそれくらいだ。

ハツ江は、その写真を平坂に返した。

「でも、きっと、平坂さんは、いい人生を送ってここにきたんだろうと思うよ。その写真を見てもわかるよ、いい笑顔してる」

「そうでしょうか」平坂が、機械を操作しながら、ちらりとこちらを向いた。「はっきりしているのは、何かすごい発見をした偉人とか、誰かの命を勇敢に救って死んだヒーローとか、有名な漫画家で、みんなに惜しまれながら亡くなったとか、そういうのではないらしいです」

平坂の口元に、自嘲するような笑みが浮かんでいる。

「そんなのわからないよ、わたしが知らないだけで、もしかしてすごい人だったかもしれないじゃないか」

首を横に振りながら、平坂が口を開いた。

「いえいえ。ここでこうやって、何百人、何千人と、もう数えきれないほどの人をお見送りしてきました。もしもそういう有名人ならば、わたしの顔を見て、ひとりくらいは、〝あっ、誰々さんですよね〟って、わかるはずだと思います。仕事で成功していたり、社交的で友達も多かったなら、一人くらいは知っている人も出てくるだろうし。すごくはまっている趣味みたいなものがあったら、それを見たら多少なりとも、何かを感じるでしょうし。きっと、平凡で退屈な人生を送って、ぱっとしないまま、誰の記憶にも残らないような死に方で死んだんですよ。なにも世間をあっと言わせるようなこともなく、地味な一生を。知らない方が、かえって幸せなのかもしれません」

なんと声をかけていいものか迷う。

「でも」

知らずと、大きな声が出ていた。

「反対に言えば、人を殺しまくった大悪党とか、死刑囚とかでもないということだよ。それはそれで、いいことじゃないか」

平坂は、かすかに笑ったようだった。

「それもそうですね」

機械の音は続く。流れるような手つきでしばらく作業を続けながら、平坂は言った。

「こうやって、皆さんのお見送りを続けているうちに、いつか、ふっと何かを思い出したり、自分のことをよく知っている人間に出会えたりするんじゃないかと……」

「平坂さんが、もしもうちの園児だったら、一人残らずよく覚えているんだけどなあ。竹馬が好きだったとか、かけっこが速かったとか」

「ありがとうございます。私自身、この世に強い未練があるわけじゃないので、もちろんこのまま、記憶もないままあの世に行ってもいいんですが、それだと、何か空《むな》しいなと。何も覚えてなくて、誰にも知られていないまま人生を終わろうとしている自分って、いったい何なのだろうと。誰にも、何にも覚えてもらってないまま、平凡に生きて平凡に死んで、果たして、自分の生きていた意味とか、意義とか、あったのかなって。何のために生きていたんだろうって」

「生きる意味。意義」ハツ江は思う。

たぶん、人生のうちには、小さな贈り物みたいに――自分がよい贈り物ができるかどうかはわからないけれど、その人のために、真剣に考えぬいた言葉を、渡すときがくる。

それが今だ。

「何人も園児を送り出すとね。社会的に成功した子も、そうでない子もいる。でも、どの子の人生も尊い宝だよ。偉人でなくても。有名人でなくても。わたしは、人生最後に話せたのが平坂さんで、ほんとうによかったと思ってる」

こちらに背中を向けたまま、しばらく、平坂はじっと考えているようだった。

「ありがとうございます。そう言っていただけて、こちらも嬉しいです」

平坂は、かすかに頷いて黙る。

完成した走馬燈は、複雑にカットした宝石のごとく、さまざまな色がちりばめられた、巨大な灯となった。

「綺麗だね」

自分の大切な記憶がいくつも貼り付けられ、ひとつひとつが光を放っているようだった。

「この走馬燈が、回り始めてから止まるまで、じっくりごらんください。止まると、いよいよ旅立ちです」

「では、始めます」と言い、平坂が走馬燈に手を触れた。どういう仕組みなのか、写真に光が透過していて、いろんな色の光が輝きながら回り出す。

〇歳。両側から世界一の宝を持つように、慣れない手で赤ん坊を抱いている父と母。

一歳。縁側で腹かけをしてひなたぼっこしているお腹。

二歳。母親におぶわれて寝てしまった首の傾き……

走馬燈は回り続ける。嘘みたいにすべてがうまくいく、いいときもあれば、何をやってもうまくいかないときもあった。思い出したくないようなこともあったし、思い出すたびに気持ちが和むような、素敵な経験をしたこともあった。

二十六歳。結婚式ではにかむ姿。白無垢《しろむく》はあまり似合わなかったけれど。

写真となって切り取られた人生の一瞬は、それぞれの輝きをたたえながら、過ぎていく。

三十四歳。せっかくできた園舎が洪水で流されそうになった。膝まで水がきている中、大切なピアノを台の上へみんなで持ち上げている。

「子どもはこの世の宝だ。もう一回生まれ変わっても、保母をやりたいねえ」

「なれるように、祈ってます」

隅で立つ平坂の横顔にも、いろんな色の光がまたたいていた。

ハツ江は、平坂の横顔に声をかけていた。

「元気で。あまり無理しないようにね」

「はい」

平坂がこちらを向いて、くしゃっと表情を緩めた。いままでの礼儀に満ちた表情ではなかったけれど、最後にそんな表情を見られたのは良かったと思った。

「やり残したことがないわけじゃないけど、まあ満足だった。最後に話せて良かったよ。平坂さんと」

「ええ。私も」

ハツ江は走馬燈に視線をやったまま、しばらく黙る。

「平坂さんが、この先、安らかでありますように」

光が速度を落とすにつれて、それぞれの思い出が色鮮やかに目に飛び込んできた。

「あ。最後の写真だ」

バスの前で、みんなが笑顔になった写真が目の前にきた。

光が強くなり、ハツ江の意識は、だんだんと、そのやわらかな光に包まれていく。

音もなく、走馬燈が止まった。

＊

光が強くなり、部屋中が白く包まれる。

ハツ江の姿は、その強い光に溶け込むように薄れていき、明るさが元に戻るころには、ハツ江は部屋のどこにもいなくなっていた。

平坂は、また一人となってしまった部屋にいた。ハツ江の走馬燈を前に、手元に小さな明かりのみをつけて、記録をとっていたのだった。止まった走馬燈を前に、思いをはせる。

ハツ江の走馬燈は、複雑な色の重なりを見せながら、真っ白な床に優しい光を落としていた。

最後まで自分の心配じゃなくて、人の心配をしながら逝ったのは、本当にハツ江さんらしいと思った。あんな先生と一緒にいられた子どもたちは、幸せだろう。

ハツ江さんは、自分の人生に満足して逝ったんだなと思う。

自分の死をどうしても認められないという人間は、これまでたくさん見てきた。ここからどうやっても抜け出せず、もう戻る道はどこにもないと知ったとき、人は静かにすべてをあきらめる。あきらめながらも、次に進む決心をする。平坂は、死者のその怒りや悲しみの過程に、辛抱強くつきあってきた。

あるときはやさしく声をかけ、恨み話を何時間も聞き、やり残したすべてのことについての、涙ながらの話を聞く。家族を思って、泣き続けるその人の側にただ、いてやることもある。気の済むまで、背中をさすってやることもあった。

最初のころ、簡素な走馬燈に、特に補正もせず、自動でプリントされた写真を貼り付けていた時期が、平坂にもあった。そのうち、逃げ場のない、流れ作業のような繰り返しに、だんだんと自分がすり減っていくのを感じるようになった。気持ちのどこかが静かに狂いかけていた。暗室での作業は、そんな中で平坂が見出した、自分なりの唯一の楽しみだった。

暗室の暗闇の中、現像液に印画紙をひたすと、少しの間をおいて、印画紙の表面にふわっと像が浮かんでくる。もっとこの人物の部分を強く、背景のここは弱めて。光を際立たせるように。写真を一枚の作品として、いかに美しく仕上げるかを考えながら、最高の一枚に仕上げていく。それは、人生最後の一枚を見ながらあの世に向かう、死者のためでもあったが、自分のためでもあった。

この果てのない長い道のりを進んでいけるように。自分を保てるように。

死者たちは、ひとり、またひとりと自分の目の前を通り過ぎていく。いろんな写真があって、それぞれの人生の光を、この写真館で少しだけ自分に見せてくれる。

いつか、記憶が戻るときがくるのだろうか。

記入用紙の最後の文字を書き終わると、平坂は立ち上がる。応接間で、コーヒーでも淹《い》れようとコーヒーミルを手に取った。

ふと、自分の写った写真と目があう。白黒で、こちらを向いて笑っている。もう何千、何万回となく眺めた写真だ。平坂は、目を閉じる。

誰に向かって、こんな笑顔を向けているのだろう。この写真は一体何なのだろう。

わからない。

平坂は、自分を知る「誰か」が現れるその時を、ひたすらに待ち続けていた。

いま、この目を開けたら、また新しい死者がここを訪れるのだろう。

だからこのままもう少しだけ、目を閉じていよう。平坂は、手のひらで目を覆った。

＊

——落ちる。ハツ江は思った。

ふっと目を開けると、ハツ江は保育園の前に立っていた。いわゆる夢枕じゃなくて、最後まで園が気になるのは性分なのか。

園の前に、微妙にパンプスのサイズが合っていない、若い女の子が立っている。スーツを着て、緊張した様子で時計とにらめっこしている。どうやら今日が面接らしい。園長のところにでも行くのだろう。

メモを見て、小さく口の中で練習している。

……美智《みち》です……どうぞよろしくお願いします……志望動機は……長所は粘り強く……

メモに何が書いてあるのかなと、寄って見ると、その女の子が、びくっと肩を震わせて、こちらを向いた。「あ。あの、お、おはようございます」

この子には、自分の姿が見えるらしい。

「ああ。おはようございます。もしかして、新しい先生かな？」

その子は本当にびっくりしたようだ。「え、わかるんですか。そうなんです、今日面接で」なんて言っている。緊張で、がちがちだ。

「わたしも、今はこんなおばあちゃんだけどさ、昔はね、保母だったんだよ」

その子は笑みを浮かべた。

「やっぱり、お仕事、大変、でしたか……」

「そりゃ大変だよ。腰も痛いし。でもね、子どもは楽しいよ。一日一日違うんだ。なんたって、子どもはこの世の宝だから」

その子は頷いて、園を見た。不安げながら、希望に満ちた、いい目だと思った。

「ここ、すごく昔からある園だって聞いてます」

ハツ江は頷いた。

――そうだよ。この園は、ずっとずっと昔からあったんだよ。いろいろ話したいことはあったけれど、飲み込んで、笑みを浮かべた。

「頑張ってね、美智先生」

「ありがとうございます……あれ？」

もう自分の姿は見えなくなっているらしい。あちこちきょろきょろして、探し回っているようだった。急に消えた形になったので、首をひねっている。その子は、はっと時計を見て、あわてて園の方へ速足で行った。

子どもたちの声が青空に響く。遠くへ行く前に、庭をちょっと覗いてこようかなと、ハツ江もそちらへ歩き出した。

第二章　ねずみくんとヒーローの一枚

写真館の窓から見える外はいつだって薄暗い。「逢魔《おうま》が時」だと教えてくれたお客さんもいた。昼と夜との間、黄昏《たそがれ》のころ。そのときには魔のものが現れやすいのだという。

窓の外を影が横切ったかと思うと、ノックの音がまた、とんとと、とんとん、というように楽しげに鳴る。

「配達、配達ですよー、平坂さあん」という、いつもの声がした。

毎度同じことをこうやって繰り返しているのに、この男は本当にいつも楽しそうだなと思いながら、平坂は扉を開けた。

扉の外には、やはり宅配の制服を着た矢間がいて、帽子を後ろ向きにかぶり、いつもの通り台車を押してきている。

「次のお客さんは、美少年だよ」

「また嘘をつく。その写真の量なら、多分、おじさんでしょ」

平坂は苦笑しながら、受け取りにサインをした。

「ばれたか。しかも今日のお客さん、なんと赤い付箋《ふせん》つきですよ。これは荒れに荒れるね、間違いない」

矢間が見せてくるファイルの上に、赤い付箋がはみ出している。

赤い付箋は、事故などの過失上の死ではなく、殺人事件や自殺、人の手によってもたらされた死についてのアラートだ。

他人事なので、矢間はなんだかわくわくしているような顔をしている。

「死因は何……喧嘩とか？」

「ブー。喧嘩じゃありません」

クイズじゃないんだぞと、ため息をつく。

平坂は、先入観を持たぬよう、なるべく、次の人間に関するデータそのものには目を通さず、人と人とのコミュニケーションでその人となりを知ろうとしている。その方が「あなたはこういう人間ですよね」という決めつけをしなくてすむからだ。そういった決めつけや、あなたのことはよくわかりますという上っ面の態度は、往々にして表に出てしまい、円滑な見送りを妨げる。

しかし平坂も、赤い付箋のついたものだけは、先に予備知識を得ることにしていた。

矢間は、ファイルに目を通しながら、もったいをつける。

「正解は……刺殺！　背中から刀でひと突きに刺されたっていう失血死でございます」

聞いただけで平坂は頭を抱えたくなった。きっと次の〝見送り〟はひどく荒れることになるだろう。もちろん、お客さんも、そんな血まみれのひどい状態のまま、この場に現れるというわけではなく、亡くなる前の一番元気なときの姿でこちらに現れることはわかっているのだが。そういう終わりを経験した人間の人生の振り返りが、安らかで楽しいものになるとは考えにくかった。今の時代に刀で刺されて死ぬ人がいようとは。

「刀って何。今の時代の話だよね?」

「うん今だよ」

「ヤクザとか……かな」

「見た感じそのとおり!」

矢間がファイルを畳んで小脇に抱えた。

平坂は、箱の重みを確かめるように、箱を持ちあげてみる。「ところで、配達の矢間君はいつまでここにいるつもりだい。もうずいぶん長いんでしょ」

平坂が写真館を継ぐ前から矢間はここにいた。言動からは若いように思えるけれど、そういえば、いつからここにいたのだろう。最初の引継ぎも、この矢間から説明を受けたのだ。ここでのルール、やるべき仕事、見送りのコツ。

「僕、わりとこの仕事好きだよ。こうやってあちこちに写真を届けるのは、僕には合ってる」などと言っている。

平坂自身は、この写真館からは一歩も出られないのでわからないのだが、他にも同じような写真館があるらしい。そこでもこうやって、見送りが行われているのだろう。

矢間は、「さてと」と帽子をかぶりなおす。

「僕はそろそろ次の配達に行かなくちゃ。毎日毎日本当に忙しいよね、お互いに。まあ、時間止まってるんだけど」

矢間はちょっと手を振ると、出て行った。

平坂は、次にくるお客である、刀で刺し殺されたという鰐口勝平《わにぐちしょうへい》さんのために、部屋を整える。よい見送りができますように、お客さんのために、よい写真に仕上げることができますように。

そして。

今度こそ、探している「記憶」に巡り合えますように――平坂は、祈る。

＊

鰐口は目を覚ます。

起きるなり、見知らぬ男がいて、慇懃《いんぎん》な笑みを浮かべながら「ようこそいらっしゃいました」などと言うので、鰐口は、一瞬で跳ね上がるように起き上がった。視線を右に振ってから、左へと低く踏み込む。男の背後はあっさりと取れた。首を後ろからがっちり腕で絡めて締め上げる。楽勝だ。

締め上げながら、男の耳元でささやいた。

「おいお前。何のつもりだ」

鰐口の決断は早い。起きて知らない部屋に寝かされているということは、何らかの薬で自由を奪われて運搬されたということを表しているのであって、今から起こることは、楽しいお遊びであるはずがない。例えば拷問、例えば見せしめの死。鰐口は一秒以内にそう結論を出していた。反撃は速いほど威力がある。

男が、腕の隙間ではあはあ息をするので、腕を少しだけ緩めてやる。

「無駄ですよ……暴力なんて……」

「うるせえ、ぶっ殺すぞこの野郎」

「もう……死んでるので……私も、鰐口さんも」

鰐口が力を少し抜いた途端に、男は床にしゃがみこんだ。肩の線が細い。

「死んでるってなんだ、言ってみろ」

鰐口はそばで立って見下ろす。すぐ踏んで痛めつけられるように、男の指近くに靴を待機させておく。

「鰐口さんは、お亡くなりになりました。ついさっき。お心当たりはありませんか」

言われてみれば、鰐口にも心当たりはあった。

背中から突っ込んできた奴《やつ》がいて——一瞬、あつい、と思った。痛いじゃなく、あつい、だった。腹から血の色をした鋭角が見えて、刃物の切っ先だとわかった。それから、どんどん寒気に襲われたのだった。

「あ。俺、やっぱ刺されて死んでたのか」

足元にしゃがみこんでいた男は、首をさすりながら立ち上がった。

「ええ。さきほど、お亡くなりになりました。ですから、こちらにいらっしゃったのです」

腹をさすってみるが、特に痛みもなく傷もない。

「おまえは神か」

男を見下ろしながら、ここで神をぶち殺せばどうなるんだろうな、などと鰐口は考える。殺意を敏感に嗅ぎ取っているのか、男は距離をとりながら「いえ。鰐口さんと同じく人間です。私はただの案内人にすぎません。ですが、ここでこれ以上私に危害を加える場合、あまり面白くないことが起こります。そうなれば、ここからはもうどこへも行けません。袋小路です」と言った。

「てめえは俺を脅すのか」

襟首を摑んで睨《にら》み下ろしても、男はひるまなかった。ほとんどの人間を震え上がらせてきた睨みだが、この男には効かないようだった。まあこいつも自分も、半殺しよりももっと、全部死んでるのなら、もうそれ以上痛めつけようがないわな、と思う。信頼と伝統の〝ぶち殺すぞてめえ〟は使えない。

襟から手を離すと、男は服の皺《しわ》を伸ばした。

「私は、平坂と言います。この写真館にきた皆さんを、円滑にお見送りするのが役目です」

「どこへだよ」

「いわゆる、あの世へです」

「んなもん地獄に行くとわかってて行くかってんだ」

軽いものから重いものまで、前科何犯だったかは忘れた。暴力が得意なお勤め先だったので、人の恨みを買ってないわけはなく、いま、現世では何人もが鰐口死亡を祝して宴会でも開いているかもしれない。

「私も、お送りする先の、あちらのことは伝聞でしか知らないのですが。いわゆる天国と地獄というようには、分かれていないのではないかと言われています」

「じゃあどうなってんだよ」

平坂は、「まあ落ち着いてください、どうぞこちらへ」と鰐口を写真館の奥に招こうとする。

「珈琲《コーヒー》でもお淹れしましょう」

「酒はねえのか酒は」

「有りますよ。いろいろ取りそろえております」

「ブッカーズは」バーボンの銘柄を言ってみる。

「お注ぎしますので。どうぞ中へ」

鰐口は平坂の後に続いた。

さっき刺された身体だというのに、ブッカーズはいつものように美味《おい》しくのどを滑り降りていく。ほわっと胃が熱くなるのも同じだ。ロックの氷の間を、薄いもやみたいに酒がうつろっていく。

「つまみはねえのか」と言うと、ビーフジャーキーが出てきた。歯の端で食いちぎるようにすると、肉のうまみが口の中に広がった。

「さっきは済まなかったな。おまえも飲め」

「はい、いただきます」

平坂はいける口なのか、あまり顔色を変えずに飲んだ。

「そうか俺は死んだんだな」

口に出してみるがあまり現実感はない。この口の中のうまみも、酒の感覚も生きていた頃となんら変わりない。

「はい。残念ながら。こちらは生と死の中間地点として存在する写真館です」

写真館なんて、とんと縁がなかった。写真といえば受刑者番号のプレートを持って仏頂面して写るあれだ。

「なんで写真館なんだよ。俺は別に写真館なんぞに用はねえ」

平坂は、酒を注いできた。

「こちらで、鰐口さんに写真を選んでいただきたいのです。歳の数だけ、四十七枚」

「選ぶ？　俺がか。んなもん適当にお前が選べよ」

「それがですね、ご本人様でないと、意味がないのです。鰐口さんの、人生の走馬燈ですから」

「んなこと言ったっててめえ……じゃあ、赤ん坊みたいな自分で選べねえ奴はどうすんだ」

平坂は、なんだかはっとした顔をしている。当然、選べない奴もここにはくる理屈なんだから、そういう疑問が出るのは当たり前だと思うが。

「ええ。その場合は、こちらで抱いたりして、一枚を選んでもらっています」

「わかるのかよ」

「ええ。手で触ろうとしたり、見てほほえんだり」

そうか……鰐口はしんみりと思った。そんな子が生きられなくて、俺みたいなのが四十七年ものうのうと生きるという、この世はどこかおかしい。

それから走馬燈づくりの概要を平坂が説明する。鰐口がビーフジャーキーをあらかた食べつくし、袋を逆さにしたあたりで話は終わった。

「で、俺がその写真を選ぶと。四十七枚」

「ええ」

「最後に、人生を振り返りながら走馬燈を見る、と」

「その通りです」

「めんどくせえ！」

平坂は、ため息をつこうとしたようだったが、こらえたみたいな口の形で、「そうおっしゃらずに……」とつぶやく。

鰐口は思う。俺の人生なんてたぶん受精したときから間違ってたんだし、母親の育て方からして見当違いだったのだろうし、なるべくしてなった今なので、人生の振り返りがどうとかは、蟻《あり》のクソほどにも興味がない。なんとなく、頬の刀傷に手を触れた。もう古傷となって久しいが、そこだけ肉が削《そ》げていて手触りが違う。

「でもここからはどこへも行けないのです。よくお考えになってください」

「女は」

「もちろんいません」

平坂をなんとなく見つめてみる。こいつが女だったらまだ面白かっただろうと鰐口は思う。

平坂は、居心地悪げに指と指を組んだ。

「あの……」

「その写真選びをやってからじゃないと、次に進めねえってことだな」

「そうですそうです」

平坂は、いくぶんほっとしたようにそう言った。

「じゃあその写真とやらをここへ持ってこい。しゃあねえ、選んでやるよ」

というわけで、鰐口の写真選びは始まったのだった。

机に広げられた人生の写真は、鰐口が驚くほどたくさんあった。一日一枚ということで、昔の写真が何枚も出てくる。幼い自分がぼろアパートの一階で立っているのを見て、鰐口は妙な気持ちになった。このころには頬の刀傷もないし、もちろん肩と背中のモンモンもない。あたりまえだが、小指もそろってる。普通の子どもだが、まあ目つきは鋭いな、と思う。

「で、この写真の中から俺が選ぶわけか」

平坂は頷いた。

「そうです。今までの鰐口さんの人生を、走馬燈の形で、最後に見ていただきたいんです」

「別にどうでもいいけどな俺は」

たいしたこともやってねえ。

「それでも、鰐口さんの生きた証です。走馬燈作りをお手伝いします」などと平坂が言う。「あと、あちらの部屋をご覧ください」

四角い真っ白な部屋を見せられる。どこもかしこも白い。なんだかヤク中が入る精神病棟みたいだなと鰐口は思う。

「あちらの部屋で走馬燈を灯します」

へいへいわかったわかった、と適当に頷いて、写真の山を両手で崩した。

「うおっなんだこれ」

鰐口が声を上げる。腹を真っ赤にした自分が運ばれているところだった。

「申し訳ありません、人生すべての写真なので、お亡くなりになったその日の写真もあります」

「自分で言うのも何だけど、グロいな」

その写真の隅に靴が写っている。いつもの黒い靴だ。そうだ、あのときも、奴は——ねずみくんは、あの場所にいた。

「あった」

探していた写真はすぐに見つかった。ぎょろりとした目、口は小さく出っ歯気味、背丈はこの写真からもわかるくらいに低くて背骨が曲がっている。頭のはちは張っているのに、顎は本当に小さくとがっている。髪はもうしわけ程度にひよひよ生えてる。でかい耳が左右に張り出していて、すべてが何というか、ねずみくんだった。

「こちらは、ご兄弟ですか」

「馬鹿言え、違う。こいつは、ねずみくんっていう奴だ」

「ねずみくんはあだ名ですか」

「根津美智矢《ねづみちや》って名前なんだけど、もう見るからにねずみだろ？　うちの従業員。誰も根津さんなんて呼んでなくて、ねずみくんって呼んでたな。修理人なんだけど、なんつうか、すごく変わった奴なんだ。宇宙人と話してるみたいな。でも修理の腕はすさまじかった」

鰐口はしばらく考える。自然と、ひとりごちていた。「あるか。あの日の写真」言いながら、またかき回すようにして写真の山を崩した。

「あっ……た。おいコラこれ何だよ、消えてんじゃねえかよ」

鰐口がすごむ。その写真は、白く光ったように中央が薄れており、足だけしか写っていなかった。足だけ写っているうち、一人は蛇革の靴、隣は小さな黒いズック靴、そして一人だけが、子どもの靴だ。

平坂が、焦ったように口を開いた。

「ええと、例えば、どこかにしまい込まれていた写真じゃなくて、大切な写真ほど、よく手に取って眺めたりしますよね。何度も見ているうちに、色が褪せたり破れたりしてしまうんです。記憶も同じです」

「使えねえなあ」鰐口が、ちっ、と舌打ちをする。

「でもご安心を。この消えている写真に関しては、復元することができます」

平坂は意外なことを言い出した。

「んなもんどうやって復元するんだよ」

「たったの一日ではありますが、過去に戻って、この消えている写真を撮り直すことができるのです。同じ場所、同時刻で、お好みのカメラを持って」

過去に、戻る。この写真の場面へ。

「いかがいたしましょう」

「そうだな……」鰐口はねずみくんの写真に目を落としたまままつぶやいていた。「別に、わざわざ戻って、ねずみくんのツラをそこまで拝みたいっていうわけじゃないんだけどなあ」

「じゃあやめておきましょう」

「待て」鰐口は言っていた。「しゃあねえな、ここにいるのも暇だし、行ってやるか。この世の見納めによ」

鰐口が、写真を指でさす。

「この写真は、去年のクリスマスイブだ。俺と、ねずみくんと、客のガキが事務所にいるところ」

かしこまりました、と平坂がメモを取る。

「カメラはありとあらゆるカメラ、何でもそろえておりますので、ご希望のカメラがあればおっしゃってください。こちらへどうぞ」と言って、平坂が立ち上がり、別の部屋へ促した。

「こちらが機材庫です。よければ、鰐口さんが使いやすいタイプのカメラを、お好みを伺って私がお選びしますが」

「ご希望のカメラって何だ。俺が撮るのかよ面倒だな……あんたが撮ってくれよ」

鰐口がぼやく。

「まあそうおっしゃらずに。規則なので、再現写真はご自分でお撮りになるしかないんです」

平坂は言いながら、機材庫の扉を開けた。なるほど、いろいろなカメラがぎっしり並んでいる。

「じゃあなあ……」鰐口は腕組みして少し考える。「ライカⅡfに、レンズはエルマー。F2・8《ニッパチ》エルマーだ」

鰐口が言うと、平坂はかなりびっくりしたようだった。

「鰐口さん、カメラ、お好きなんですね。素敵なご趣味です」

「違《ちげ》えよ」鰐口は言う。「ねずみくんが、ただの一回、その組み合わせを見たときに〝美しい……〟なんて言いやがるからさ、なんとなく覚えてたんだ。まあ、店でも扱ってオークションに流してたしな。ライカⅡｆに、Ｆ２・８のエルマー。そんなことぜったいに言いそうにない奴だったから」

「たしかに美しい組み合わせですよね。お持ちします」

出てきたライカⅡｆは、鰐口の手のひらに綺麗に収まった。いつまでも持っていたくなるような丸みと重さをしている。巻き上げてからシャッターを切ってみると、機械じゃないみたいになめらかに動いた。数回切ってみる。

「まああだな」

とりあえず、気に入った様子を見せたので、平坂もほっとしたようだった。

鰐口は、ライカⅡｆのファインダーをのぞいた。試しに平坂にピントを合わせてみる。二重になった平坂が、一つに重なってこちらを見ている。「おい、平坂さんよう、このライカにフィルム入れてくれや」

「はい、かしこまりました」

平坂は、ライカを受け取ると、作業台の上で何かをし始めた。何をやっているかと見れば、ライカに入れるために、フィルムの先端をなだらかに切り直していたところだった。ねずみくんが、修理テストのときにもそうやっていたのを思い出す。

「露出とか、その辺はわかんねえから、その場にきたら距離もピントも合わせて俺にくれ」

ええ。と平坂が頷いて、フィルムを丁寧にライカの中に収めた。

平坂が「どうぞこちらへ」と鰐口を呼び、白い小部屋の扉の前に並んで立つ。

「それでは。昨年の十二月二十四日、日の出の光が差し始めた時点から、次の日の光が空に満ちるまでの時間でよろしいですね」

うむ、と鰐口は頷く。

「では、リサイクルショップの従業員である、ねずみさんとの――」「ねずみくん」

「それでは、ねずみくんとの一日へ。参りましょう」

平坂が扉を開ける。


なんだ、外に出るのか。鰐口は思った。

一歩踏み出すともう北千住《きたせんじゅ》の朝の雑踏だった。振り返ると、出てきたはずの扉が消えている。まだ日が昇るか昇らないかくらいの時間帯であるにもかかわらず、通勤なのか、けっこうな人がいて鰐口は驚く。ご苦労なことだ。人がどんどん身体をすり抜けていくのは面白く、わざと肩をぶつける。いつもだったら鰐口が道を通るだけで、トラブルを恐れて人波が割れるみたいになるのだが、誰もかれも、どんどん身体をすり抜けていく。本当だったら、歩きスマホの人間がこうやって肩をぶつけてくると、そこからニコニコのありがたいお話がはじまるのだが、今日はあいにく、もう死んでいる。

「なんだよ、時間はもうちょっと後なんだけど、これからどうすんだ。かなり暇だろこれ」

「申し訳ありません。時間はピンポイントで戻ることが難しいのです。ですから、日の出からとなっております。まあ、この世の見納めともなりますから、その時間までは、現世をゆっくりお楽しみください」

北千住の高架から見える駅ビルは、クリスマス一色だった。緑と赤と金と銀。プラスチックのサンタクロースに綿《わた》の雪、それらを眺める人もおらず、皆、通勤の道をただ歩いて通り過ぎていく。平坂と二人、座って雑踏を眺める。そのうち道に寝転んで、通り過ぎる通勤女性のパンツなどを下から眺めていたが、それにもすぐ飽きた。

「やることねえし、酒でも飲むか」

「準備してきます」

人に続いて、コンビニに平坂が入っていった。鰐口も続く。どう買い物するか気になったのだ。

「でも人はすり抜けるんだろ、会話もできねえし。どうすんだよ」

「よく、仏壇やお墓の前とかに、お供えってありますよね。あれにも大事な意味があるんです」と、平坂が妙なことを言い出す。

棚にはいろいろなビールが並んでいる。平坂が、その中の一本に手を伸ばした。

「私たちはいま、実体のない姿、言うならば、魂となっています。ですので、この缶の形によく集中しながら、そっと中身だけを引き出してみると――」と、言いながら平坂が、店先に並んでいた缶をゆっくり摑むようにした。その缶の輪郭が二重になり、そのうちの一つを摑むことができた。一つの缶が二つに分裂したみたいだった。ちゃんと、クリスマスパッケージになっている。

「これで大丈夫です」

自分でもやろうと思ったが、難しい。

「じゃあこれとこれとこれも持って行こうや。こいつも頼む」とワンカップとチーズのつまみなんかを次々指さすと、平坂は品物を腕で抱えた。「何を持って行っても、パクられねえのは気分がいいな」

「まあ、亡くなっていますし」

平坂と鰐口は、歩道橋の真ん中で酒盛りをすることにした。真ん中に置いたのはチキンだ。

「メリークリスマス」

鰐口が言うと、平坂もちょっと困ったような顔で、「……メリークリスマス」と応える。缶を開けると、プシュッという音が響いた。

しばらく、通勤に急ぐ人波を眺めながら、無言でビールを飲む。

「芋けんぴに芋タルト？　芋がそんなに好きか、つまみにならねえじゃねえか」

女子高生みたいなセレクトに笑う。

「すみません、自分の好みのものも少し」と言う。

「平坂さんよう、そういやあんたも死んでるんだっけ。何で死んだんだ。まだ若いし事故か」

暇だったので、何気なく聞いてみたが、平坂は、ちょっと困ったような顔をした。

「実は、あまり覚えていないんです」

「覚えていないって何だよ」平坂が、話し始める。自分が何をしてきて、どんな風に死んだかもわからないという話を。いつか自分を知る人間が現れるのではないのかと思いながら、ここでずっと案内人を務めているということも。手に持っていたのは、一枚の写真だけだったという。

「なんだろうなあ。芸人でもねえだろうし、テレビでも見たことはねえなあ」

まあ、こいつが自分で言う通り、平凡な奴だったのだろう。

「ひとつだけわかる。世の中には、人をぶん殴れる奴と、ぶん殴れない奴の二種類しかいない。それで、あんたはぶん殴れない方の奴だ」

「わかるんですか」

「あたりまえだ。俺はこの世界、長いんだ。見ればわかる。ヤバい奴も見ればわかる。だから、あんたは――」

平坂は、じっとこちらを見ている。鰐口は、煙草《タバコ》に火を付けた。

「まっとうに生きて、まっとうに死んだんだ。それでいいじゃないかよ」

煙が、空へと昇っていく。

しばらく、黙って歩道橋で、人の波を目で追っていた。平坂は黙ったままなので、オイ、これまあ取っとけよ、なんて、手に持っていた菓子を無理やり平坂のポケットにねじ込んでみたりする。「まあ取っとけって」

そうすると、平坂は、苦いのかなんだかわからないような、微妙な表情で、笑みをうかべる。

「それよりも、私は、鰐口さんの、修理人の方の話が気になります。今日は、その方のところへ行くんですよね」

話題を変えるように、平坂が話を振ってくる。

「ああ。とにかくすごい奴だった」

——鰐口は、ぽつぽつと語りだす。ねずみくんという名の、ある奇妙な男の話を。

＊＊＊

ねずみくんに関する話題なら何時間してもつきねえ。それぐらい、とにかく変な野郎だったんだ。

最近では、みかじめ料も取りにくくなって、シノギもやりにくいことこの上ない。俺も何の因果か、リサイクルショップの管理を任されることになった。馬鹿言え、俺が接客するんじゃねえ、裏の管理だけだ。まあネット上のリサイクルショップは隠れ蓑《みの》で、通販を装って金を右から左へ動かす資金洗浄が主な役割なんだけど。カメラや時計や骨董《こっとう》品なんかだと、値はあってないようなものだから、とりあえず大金を動かすには都合が良かった。実店舗を持たないリサイクルショップとして、その店「リサイクルショップ・アンドロメダ」は誕生したってわけだ。

店自体は上手く回ってた。ただ、実際の業務もやってないとすぐに目をつけられるってんで、カモフラージュのために、とりあえず本当に修理ができる修理人を雇うことにしたんだ。

まともな奴は、荒れた倉庫に山積みになった修理品の山と――まあそれも借金のカタにぶん捕ってきたものか、盗品を集めたような、出所がはっきりしないものが多い――それと俺の下についてる若い奴、小崎《こさき》って名前の下っ端だ、そいつの雰囲気を見れば、何となくぴんとくるようで、どんなウスノロも、すみません辞退しますって、ぺこぺこ謝りながら帰っていった。

いやいや俺は面接とかには出て行かねえよ、その後、「てめえの目つきが悪いからだろうがクソが！」って、小崎の頭をはたくんだけど。

そこへやってきたのがねずみくんだった。ねずみくんは、何でも、養護学級みたいな枠で高校まで出たらしくて、そんな野郎に仕事を任せられるのかと思ったけど、まあダミーの修理人だし、接客をするわけでもないので面接は通した。三十近くにもなる息子に、いかにも病弱そうな親父が面接までついてきて頭を下げて、金に困っているのか、「この子は修理にかけては誰にも引けを取りません。真面目に働きます」と何度も言う。若い奴も、まあそれならいいだろ的に採用を決めたのだった。

その間、ねずみくんはあたりが気になるみたいでずっとキョロキョロしていた。親父が全部しゃべって、一言も受け答えはしなかった。

次の日、ねずみくんは作業道具をしょいこで背負い、両手でばかでかい工具箱を二つ持ってやってきた。すごい量だ。小柄なので足元がふらついている。まず机の掃除から始めると、化学の実験で使うみたいな三角のガラス瓶数個と、ありとあらゆる工具と、ネジなんかを、一ミリのズレもない几帳面さで並べ始めた。

そのころには小崎も俺も、ねずみくん、なんて呼んでた。もうねずみくんとしか言いようがないほどに、ねずみくんはねずみくんだったからだ。

「おいねずみくん、挨拶は」

一応上司である小崎は、ねずみくんが挨拶をしないことが気に入らないようだった。俺らの社会は基本、縦社会なんで、リサイクルショップとはいえその辺りには厳しい。

ねずみくんはまったく聞こえていないように無視した。

「てめえ……」

沸点が低いのは小崎の特徴だった。そんなだからいまだに下っ端なのだ。

ねずみくんは襟首を掴まれて、半ば、かかとが浮いているにもかかわらず、小崎に「修理をしますか」と聞いた。

「しゅう……修理じゃねえよてめえ、挨拶の話だ」

俺らの稼業は舐《な》められたら終わりの、面子《メンツ》で生きてるようなお仕事だ。

ねずみくんは異質だった。ふつう襟首を掴まれて筋モノにすごまれたら、誰だって恐怖を感じて震え上がる。ねずみくんは小さな目の黒目をじっと据えて、ただ小崎の顔を見ている。

「挨拶は基本だろうが！」

「修理をしますか、しませんか」

俺は割って入ることにした。このままだと、せっかく見つかった修理人をぶちのめして、事件になったりしてもつまらない。

「おいもうやめろ」と俺が出て行くと、小崎は、すんなりとねずみくんを下ろした。

ねずみくんは恐怖というものを知らないようだった。

「ねずみくん、人に会ったときは挨拶をしような」

俺は社長として大きな声で言う。まあ、若い者に懐の広さも見せておかないといけないし。「挨、拶、を、する」

「修理をしますか」

いらっときた。

でしょう？　という顔で小崎が見ている。

「おはようございます、だ。言ってみろ」

ねずみくんは少し考えたようだった。

「それは必要ですか」

「必要だ」

ねずみくんからの疑問にちょっと驚いた。修理をしますか、しか話せないかもしれないと思ったのだ。

「ここでなぜ必要ですか」

「なぜって……」

そういえばなんで必要なんだろう。俺はどう返そうか迷う。とりあえず一発二発ぶん殴って、うるせえ、とっとと挨拶しろよ！　と言っても良かったのだが、ねずみくんが奇妙すぎて、どんな反応が返ってくるのかがわからない。

組織でも中堅となって、すっかり忘れていた感情だった。これは、もしかして、うっすらとした恐怖にも似た何かなのではないか。ねずみくんに感じているのは、今まで出会ったことのない、まったく異質な人間に対する感情だった。

「えーと。なぜ必要かというと、俺とこいつ、小崎の気分が良いからだ」

「気分が良いと、良いですか」

「見えないが、それも修理だ」

俺は口から出任せを言ったが、自分でもうまいこと言ったなと思った。

「修理」ねずみくんは繰り返す。

試しに言ってみる。「おはようございます」

「おはようございます。おはようございます。これで内部の修理をしますか」

律儀にねずみくんは、俺と小崎の両方に挨拶した。

「ああ修理だ。朝きたら俺と小崎の修理をするのが、ねずみくんの最初の仕事だ。わかったか」

「はい。あなたがたは壊れていた。わたくしは直しました」

思わず苦笑いした。まあ、どっかがぶっ壊れているのは本当だからだ。

ねずみくんは座って、黙々と整頓作業に移りだした。

俺と小崎は目を見合わせていた。俺は小声で「とりあえずうまくやれ」と言った。

工房は、町外れにある細い道に面した工場を、乗っ取るみたいにして取り上げて手に入れたところだった。寂しい路地はあまり人が通らない。二階建てになっていて、一階が工房、というよりかは、横にだだっぴろい倉庫、使えるか使えないか、微妙な線のガラクタと、出所の怪しい盗品や、借金のカタにひきあげてきたものたちの置き場所となっている。二階は事務所となっていた。後から二階部分だけ増設したのか、事務所だけは妙に新しい。上り下りは、非常階段みたいな外階段でする。二階の床には監視のためか窓があり、そこから工房である下を見渡せるようになっている。

小崎は最初こそ、ちらちら下を眺めていたが、すぐに飽きてネットサーフィンに戻った。

「しかしすごい集中力ですよ、朝から晩までずっとあんな感じです」

ねずみくんはちょこちょこした動きでずっと手を動かしている。

俺は元締めなので別に事務所に詰めてなくてもよかったのだが、なんだかねずみくんの異様さが気になっていた。

「見てくる」俺は、下に行ってみることにした。

近場で見た俺は圧倒されていた。ロボットが工場で電化製品を組み立てるのをテレビで見たことがある。一定の速さで一切ぶれがない。休んだり遅くなったりしない。比較的新しいＤＶＤレコーダーだ――たぶん初見の家電かもしれない――でもここに何を置いて、次に何をすればいいのかは熟知しているようで、あっという間に全部ばらしてしまった。その部品を置く位置すら等間隔で、不思議な感動を覚える。ものすごい速さで、立体がどんどん平面にならされていくそのさまに、俺は黙っていることしかできなかった。挨拶の有無を問うことも忘れていた。

「分解を終わりました。工程を一つ終えるまで、必ず、別の修理をしてはいけません」

ねずみくんは厳かに言う。顔なんて本当に貧相なねずみそのものなのだが、ねずみくんは確かにこの場を支配する王だった。

「おはようございます」

まあ昼近いが、挨拶は挨拶でちゃんと覚えたようだった。

「うむ。おはよう」

「あなたは壊れていた。わたくしは直しました」

挨拶の度にこれを聞かされるのかと思うと、ちょっとうんざりだが、まあこれもねずみくん流の挨拶の一種だと思って流しておく。

そんなこんなでねずみくんは俺らと働くようになったのだが、すぐに一問着《ひともんちゃく》起きることになる。

着くなり小崎が声を荒らげている。何だと思って扉を開けたら、ねずみくんの襟首をまたつかみ上げているところだった。

「おいおい何だ」と俺が声をかけると、ねずみくんは、襟首をつかまれたまま俺を見て、「おはようございます。あなたは壊れていた。わたくしは直しました」と苦しげに言う。

こんな修羅場にもかかわらず、例の挨拶が始まるので苦笑いする。

「こいつ、俺にぶつかったっつうのに、詫《わ》びひとつ入れねえんすよ」

小崎はまた声を荒らげた。

「ねずみくん、小崎にぶつかったのか」

とりあえず確かめておこうと思った。

「ぶつかりましたよ！」小崎が言う。

「お前は黙ってろ、俺はねずみくんに聞いてる。ねずみくん、小崎にぶつかったか」

「わたくしは進みます。進行方向に小崎さんが立ちました」

「避けろよ！」

　ねずみくんの理屈では、小崎が自分の進行方向にいたことになっている。

「ねずみくん、そういうときは謝るもんだろ。すみませんでした、とか、ごめんなさいとか」

「嘘をつくのはいけません」

　なるほど、自分が悪いとは思っていないのに謝るのは、ねずみくんにとっては嘘らしい。

「まあまあ、小崎、もういいだろ。ねずみくんはこういう奴なんだ」

「でも詫びくらい」

「嘘はいけないらしいぜ」俺は言いながら、なんだか笑ってしまった。

　つられたみたいに小崎も笑いそうになっている。その顔をしかめ面に戻し、ちっ、とねずみくんにむかって舌打ちした。「次はクビにするからな。覚えておけよ」

「覚えますか」

「覚えろ。とりあえず覚えろ」

「何を覚えますか」

「ああ……もういい」

　小崎はこのやりとりにうんざりしたらしい。

小崎が二階に行ったのを確かめて、ねずみくんを諭してみる。

「そういうときには、嘘でも、ごめんなさいって言っておくと、後々楽なんだぜ」

「嘘をつくのはいけません。正常な機構は嘘をつきません」

ねずみくんの頭の中は、どうなってるんだろうなあと思う。それでも、どんな場面でも自分を曲げないのは、なんだかすげえな、と思う。

とにかくねずみくんは、謝らない男だった。どうみてもお前が悪いだろうが、というときでも絶対に謝らなかった。ねずみくんの中では、どんなに自分に非があっても、謎の理屈で、謝らなくても良いことになっているらしい。

次の日、小崎から電話がかかってきた。「鰐口さん、ねずみくんが勝手なことをして聞かないんす、どうにかしてくださいよ」

俺はとりあえず工房に向かったが、問題はアレかとすぐにわかった。二階の窓の所に「修理します」と、でかでかと看板が掲げられていたからだ。ねずみくんの字は、印刷したように一ミリのゆがみもない文字で、どうやって書いたのかと思った。定規を使って測りつつ書いたのだろうか。堂々たる黒字の「修理します」だった。

問題は、ここは店舗として営業しているわけではない、言ってみればただの物置なので、本当の客がきてしまうと困るということだった。まあチラシを出しているわけでもなく、宣伝をうっているわけでもないので、こんな佇まいの所に、客はそうそうこないだろうが。

入ると、「今すぐ外せ」と怒鳴る小崎と、まったく応えてない、カタツムリだって
もうすこし反応があるだろうというような顔で、つっ立っているねずみくんとがいた。

「おはようございます」と俺を見る。「うむ」「あなたは壊れていた。わたくしは直し
ました」いつもの挨拶が始まる。

「ああ、鰐口さん。聞いてくださいよ」

「外せないのか」

「どうやったか知らないんですが、溶接してあるんすよあれ！」

そういえば、いつの間に増えたのだろう、休みの日に運び込んだものか、大がかり
な修理機材も増えている。

背後でがらっと扉が開いた。「すみませーん」

とりあえず近所で変な噂が立つ前に、俺はさりげなく死角となる物陰に下がった。

隙間から見ると、客は、近所の主婦のようだった。手にホットプレートを持ってい
る。「すみません、ここで修理をやってくれるって聞いたんですけど」

「あ、やってません」「はい、修理をします」

同時に両方からまったく違う答えを聞いて、客のおばさんも戸惑ったようだった。

「え、二軒隣の奥さんは、もうやってもらったって聞いたんだけど。足ツボマッサージ器」

もう他の客がきてたのかと思ったのは、俺だけではなかったようだった。ここで帰すとよけいに変な噂になると思ったのかもしれない。小崎は、「あ、いらっしゃいませー」と上げ調子で、打って変わって愛想の良い声を出した。

俺は小崎の実家が、代々ずっと八百屋をやってたのを聞いて知っている。中三でグレて族のパシリをやり、それからホストになったのだが、小崎の「いらっしゃいませー」は、根っからの商売人の血が流れているような、堂々たる「いらっしゃいませー」だった。ヤクザ者よりよっぽど向いてる。

「このホットプレート、ぜんぜん熱くならなくなっちゃったんだけど」

「修理をします」

ねずみくんの〝修理をします〟は力強く、医者なら名医の貫禄が漂っていて、「そうそれなら頼むわ。いつ頃できます」とおばさんも言う。「四十八分」とねずみくんが言い切ったので、客も半端な数字にちょっと怪訝《けげん》に思ったようだったが、「大体、見積もりでおいくらくらいでしょうか」と聞いてきた。

ねずみくんは黙っている。自分に聞かれたとは思っていないようだった。利益に関してはは関心がないようだ。足ツボマッサージ器は、もしやタダで引き受けたのかもしれない。

「一八〇〇円でございます」と横から小崎が言った。まあ、修理としては、新品で買い直さないくらいの絶妙のラインだなと思った。おばさんも納得して帰っていった。

「なあ、ねずみくん、勝手に看板を掛ける前に、まず鰐口社長に相談だろ？　おい聞いてんのかてめえ！」

「もういい」俺は言った。（カモフラージュのために、店舗でも客を少数受け付けるくらいかまわん）と声を低めて言う。この分だと、ねずみくんが辞めた後、代わりを探すのは面倒だなと思ったのだ。モチベーションが下がって辞められるよりは、ある程度余裕を持たせておいた方が長持ちするだろうと思う。借金だっていきなり全額取り立てるより、ちびちび返済を待ってやりながら、しっかりむしり取る方がうまみが多かったりするものだ。

「でも」小崎は食い下がる。

「そんなにこねえだろ。きてもこのへんの町内だけだ。放っておけ」

俺がそう言うと、小崎は不満そうに「まあ、鰐口さんがそう言うなら、いいですけど……」と首を横に振った。まだぶつぶつ言っている。

ねずみくんの修理は、全部を分解することから始まる。俺はその、映像の早送りみたいな速さで、部品が綺麗に整列するところを見るのが、結構気に入っていた。

全部分解して問題箇所を把握、全部品の洗浄と修理を行い、一気に組み上げて終了なのだ。それはたぶんねずみくんが編み出した自己流のやり方なのだろうが、俺にも、ものすごく「正しい」ことに思えた。いや、たぶん問題箇所のみを修理するのが、理にはかなっているのだろうが。

一度ねずみくんに聞いてみた。「どうして修理するところだけでなく、全部分解するんだ」と。ねずみくんは「正しいからです」と言う。「どうして正しいんだ」と聞いてみると、「どれも等しくするからです」と言う。たぶん機構のバランスのことを指しているのだろうな、と思った。どこかだけ修理すると、機構全体のバランスみたいなものが崩れるのだろう。まあ、機械の中で、新しい部分と古い部分があれば、また不調になるのは俺にもわかる気がした。

「修理をしました」と声がする。

ふと顔を上げて壁の時計を見る、ちょっと計算して、なるほどぴったり四十八分後を指していることがわかる。修理なんて開けてみるまではどうなるかわからないはずなのだが、ねずみくんにはどうやってか、所要時間がはっきりわかるらしい。

「このホットプレートは壊れていた。わたくしは直しました」

おばさんはホットプレートを取りにきて、その一つ一つの部品が油よごれひとつなく、新品同様に綺麗になっていることに大いに気を良くしたらしい。一八〇〇円を払って上機嫌で帰っていった。そういや、家電屋では最近、修理をせずに、買った方が良いですよと新品を勧められるのがあたりまえだ。壊れたら捨てるのが普通になっている中、こんなふうにちょいちょいと直せる場所が近所にできたら、便利は便利かもしれなかった。


ねずみくんの掛けた看板のせいか、口コミのせいなのか、「リサイクルショップ・アンドロメダ」には、ぽつぽつと客がきているようだった。いつしか倉庫の品物の修理と並行して、そちらの飛び込みの修理も受けるようになっていた。

小崎はねずみくんの代わりに説明するのが嫌になったのか、縦に大・中・小、横に易・普通・難で分けた料金表を作り、その他は応相談、というように書いて、貼りだした。

上から見ていて、放課後の時間なのか、小学生がきているなと思った。どうやら泣いているらしい。ねずみくんではうまく対応できなかろうと、なんとなく下に降りてみる。扉の隙間から声を聞いてみると、どうやら飼っていたハムスターが死んでしまったらしい。

「なんでも修理してくれるって聞いたの。このハムスターのココちゃんも修理できるのは本当？」

馬鹿言え、と思った。死んだハムスターが修理できるなら、この世から死ぬやつがいなくなる。

「修理をします」

ねずみくんは言い切った。これ以上ないという、しっかりとした声で言い切った。

「わあ本当」子どもは嬉しそうな声になった。「何日で修理できるの」

「八日」ねずみくんは、わりと時間をかけるつもりらしかった。

子どもは涙を拭きながら出てきたので、とりあえず知らぬふりをする。

中に入ってみると、ハムスターがケージごと机の上にあった。尻の所にひらがなの「こ」みたいな薄茶色のぶちがある。

ケージを振ってみると、あわれハムスターはカチカチになって死んでいた。

「おはようございます」ねずみくんが、ハムスターのケージを持ったままの俺に言う。

「ああ」「あなたは壊れていた。わたくしは直しました」お決まりの挨拶だ。

「ねずみくん。さすがのねずみくんでもこれは無理だぜ。修理ってなあ、無茶を言うなよ」

「修理をします。資料を見ます」

「資料？」

「初めて修理するものは、資料を見ます」と言うなり、どこかへ行こうとする。

「おい仕事中だ、ねずみくんどこへ行く」制止しながら、こいつはどこで何をどう読んで資料としているのかが気になった。ハムスターの修理なんて、どうやっても資料なんて出てこないはずだ。

「おい小崎！」下から呼んだ。「俺ちょっとねずみくんと出てくる」

小崎は、はいはい、とでも言いたげな微妙な顔をして窓越しに頷いた。ねずみくんは、わりと慣れた感じで川の方角めがけて歩いて行く。何かと思えば中央図書館まで出た。カウンターまで行くと、端末を操作して、「ハムスター」と入力した。ハムスター関連本をすべて印刷したようだった。

片っ端から図鑑、ムック本、ペットの飼い方、骨格標本、子ども向けの絵本から大人向けの専門書まで、こんなもん何の関係もないだろうと思う本も、すべてのハムスター関連本を図書館の机に何十冊も積み上げた。

積み上げたな、と思ったら、一冊を手に取って、ものすごい速さで最初のページから終わりのページまでめくり始めた。最初に目次とか見た方が効率が良いと思うぜ、と口を挟むのもはばかられるような動きだった。

こんなんでわかんのかよ、などとその奇妙な動きを眺め、遠くまでたばこ休憩できる場所を探しに行って、休憩二回くらい挟んで帰ってきたところで、その本の山は、ほとんどなくなっていた。

「ねずみくん、どうだハムスターの修理方法はわかったのか」

俺は、ちょっと茶化す気持ちで聞いてみる。

「修理の方法がわかりました」

「嘘だろ？」

残りの本をラックに几帳面に戻すと、ねずみくんはきた道を戻り始めた。自由にもほどがある。

それからのねずみくんは、家にも帰らず、ほとんどを工房の床で寝泊まりしていたようだった。心配した父親が着替えと食べ物を差し入れにきたようだったが、ほとんど食べず、夜も寝ていないような熱中の仕方で、何やら手元の機械をいじっていた。

横文字のややこしい名前の奇妙な薬品も、小崎に頼んでいくつか発注してもらったようだ。

約束の八日目。

俺はハムスターの修理が気になっていた。

工房の扉を開ける。

「おはようございます」「ああもう昼だけどな」「あなたは壊れていた。わたくしは直しました」

俺はひやかしのつもりで、「おいねずみくん、ハムスターの修理はできたのか」と聞いてみる。

「はい。できました」

俺は目を疑った。見ればあのハムスターが、生きて動いている。鼻をうごめかし、餌を探し、何やらうごめいて隅で止まったり、可愛らしい様子でいる。

ハムスターを前に、俺は心底ぞっとなっていた。こいつ、本当にハムスターを修理しやがった。いや、ねずみくんが別のハムスターを探してきてすり替えたのかと思ったが、特徴的な柄の「こ」の字もそのままだ。

おいまじか、と思って、ハムスターを触ってみようとケージに手を入れる。ハムスターを摑んでみた。ハムスターはおとなしく俺の手の中でじっとしている。

俺は一瞬で理解した。その重みに。

「ねずみくん……これは……修理したとは言わない……」

そう言っていると、例の子どもがやってきたので、さりげなく物陰に隠れる。

「わあ、直ってる！」

「このハムスターは壊れていた。わたくしは直しました」

大喜びで子どもはケージを抱えて帰っていったが、俺は嫌な予感がしていた。

大騒ぎになったのはその後だ。

その子の母親が怒鳴り込んできやがった。

「ちょっとあなた、なんてことをしてくれたの！」

扉を開けるなり、ハムスターのケージを机に置いて叫ぶ。後ろで子どもが泣きじゃくっている。

「わたくしは直しました」

「直しましたって、あなたどうやってアレを！」

「内部に機構を組み込んで、革をなめした上で機構を——」

母親は吐きそうになるのをこらえている様子だった。

「違うでしょうが！」

「直しました。動きが同じです」

たしかに、見た目はそっくりなのだ。動きも。でもそれは直したことにはならない。

「う、動きが同じって何を考えているの。生き物への冒瀆《ぼうとく》です、謝罪してください！」

一言、すみませんでした、と謝れば向こうも気が収まるのかもしれないが、そこはねずみくんだから謝らない。何があっても謝らない。

「直しました。見たとき同じ動作をします」

「違うでしょう！　生きている物は、食べて、温かみがあって」

ねずみくんはようやく考え込んだようだった。

「では餌を食べる機構を。熱を放熱して温かみを出します」

「わたしの言っているのはそういうことじゃない！　これは詐欺よ、立派な器物損壊よ！　訴えますからね！」

面倒なことになる前に、俺が出て行こうと思った。

「こんにちはあ」

母親が、頰の刀傷に目をやって、肩をこわばらせるのがわかった。

「うちの若いもんが、何かご迷惑をかけているようですね」

俺のような、いかにもの見た目の奴は、丁寧な言葉を使う方が、すごく怖く見えるのは経験上知ってる。

「奥さん。訴えるとは、さぞかしお怒りだ。こちらとしても、皆で謝りに参りたいところです。お家はこのあたりですね？　校区はここだし。一年生のまちだあかりちゃん、可愛いね。お家はどこかな？」

母親は、子をかばうようにじりじりと後退していった。

「あかりちゃんを学校の外で待ってたら、お家がわかるかな。おじさんたち、みんなで謝りに行くからね」

「あ、もう結構です。では失礼します」

扉を出ると、子どもの腕を引っ張るみたいにして駆けだした。

俺とねずみくんの間に、ケージの中のハムスターが残された。やっぱり可愛らしい様子で、ちょこちょこ歩いたり、鼻をうごめかしたりしている。しかしあの母親が半狂乱になった気持ちもわかる。俺も目の前のハムスターに、なぜだか異様な嫌悪感を覚えていた。

「ねずみくん、あのさ。これは直したとは言わないんじゃないか」

「直しました。このハムスターは電池交換でずっと動きます」

「動きも見た目も確かに本物そっくりだ。でも、なんだろう。言うなら、命が直ってない」

「命とはなんですか」

真っ正面から問われて、俺は考え込む。ハムスターはケージで見る以上、同じ動きをしている。生きているハムスターも、死んでいて機構で動いているハムスターも見た目はまったく同じだ。知らなければ、ああハムスターがいると思うだろう。命とは、なんだろう。温かいから生きているのか。飯を食うから生きているのか。

「とにかくさ、このハムスターは死んだハムスターだ。それはねずみくんにもわかるだろ」

「はい。内臓の機能が停止して、硬直していました」

そうそう、わかってんじゃねえかよ、と言いかける俺に「だからわたくしが直しました」と言う。

「その、内臓の停止した機能が元通り直って、硬直していなかったら、ねずみくんの勝ちだ。それは命を直したことになる。でも、死んだら、世界一の医者にももう治せない。誰にもだ」

「はい、ですから停止した機能をすべて取り外し、革をなめし、眼球のあった位置にセンサーを組み込みました。パターン化された動きで、周回運動するようにプログラムした機構を組み込みました。調整すれば半永久的に動きます。むしろ以前のハムスターよりも機能は向上しています」

「だから……」俺はどうにか「命」を説明したかったが、俺の中でうまく言葉がまとまらない。

「とにかくだ。ねずみくん、もう命を直すのは禁止だ」

「なぜですか」

「持ち主が怒る」

「どうして怒りますか」

どうしてって。どうしてあのハムスターを見てぞっとするのか、俺にも俺の感情を説明するのは難しい。いろいろ言って、ついにねずみくんに「わかりました。命の修理はしません」と言わせたときには、どっと疲れていた。

本当にわかっているのかどうか、と思いながら、俺はハムスターを見た。ハムスターは可愛らしくケージの隅で鼻をうごめかしている。

それから客はこなくなるんじゃねえかなあと思っていたら、意外に「リサイクルシヨップ・アンドロメダ」の客足は途切れなかった。さすがにハムスターや子猫を直してくれと言って持ってくる奴はいなかったが。

俺はなぜだか事務所に詰めているのが割と気に入っていた。小崎は小崎で、（社長またきたのか）などと思っているのには違いないのだが、「いまから会計処理があるので……」と言ってパソコンに向かう。俺はいつものように、小窓からねずみくんを見下ろしていた。ねずみくんはそのまま、何十年前からそこに居たみたいに、これからもずっと居続けるみたいな確かな存在感で仕事をしていた。

相変わらず手の動きは超人的に速い。よく頭の中でこんがらがらないなあと思うが、それがねずみくんにとっては普通なのだろう。ねずみくんにはねずみくんの普通があって、それは俺らの言う普通とは違う。——と、ここまで思って、俺らの言う普通ってのも、まあ、普通じゃねえよなあ、なんてことを思う。ねずみくんと会って、初めていろんなことを考えるようになったのは、ねずみくんが今までに身近にいなかったタイプの野郎だからだろうと思う。俺らの中も、経済に強い奴、武闘派の奴、弁護士崩れといろんなカテゴリーに分けられる。でもねずみくんは、ねずみくんという唯一無二のジャンルだ。

また子どもが入ってきた。俺はうんざりする。ここはヨロズ相談所じゃねえ。

年の頃は小学校高学年、なんかスポーツでもやってるのか、浅黒い、と思ったら、顔に妙な違和感を覚える。ランドセルも普通だし、何がどうなのかわからないのだが、あきらかに何かが違う。

ここは子どものくるところじゃないから、もう帰りな、と言おうと思って、一階に降り戸を開けたら、その子が両の拳をぎゅっと握りしめているのがわかった。あんまり力を込めすぎてぶるぶる震えている。泣くのをこらえているのだ。

その子がしゃべっているのを聞いて合点がいった。

「なおす……なおし。……なおして、ください。よろしく。おねがいします」

アクセントがまったく違う。何かと思えば外人のガキだ。ぐいと目のあたりを拭っている。机に出したものは、何かの切れ端のようだった。

ランドセルはボロボロでその上、いろんな形の靴あとがある。よく見れば服にも靴あとがあった。ランドセルから水滴が垂れているところを見ると、中身はおおかた、トイレにでも突っ込まれていたのだろうなと思った。

机の上にジグソーパズルみたいにばらまかれているのは、写真だった。

俺はなんとなく察する。子どもの頃なんてみんな、人間がなってねえから、いくらでも他人に残酷になれる。特に、異質なもの、自分のカテゴリー以外のものなんて、いくら攻撃しても別に構わないと思っているのだろう。

「はい修理をします」

おい機材だけでなく写真の修復もか、ちょっと専門外じゃねえのか、と思っていたが、ねずみくんは全方位隙なしのようだった。

「いつですか」

「六日」

扉を開けると、ねずみくんがこちらを見た。

「おはようございます」「うむ」「あなたは壊れていた。わたくしは直しました」

俺は挨拶を軽く流して、子どもの方にちょっと声をかけることにした。

「おい、大丈夫か。名前は」

「ティエン。グエン・ミン・ティエン」

長いな、と思う。東南アジアのどこかだろうか。

「国は」

「ヴィェトナム」

「家族は」

「お父さん。お母さんと、妹は、ニャチャン、住みます」

見かねて、服を軽くはらって泥を落としてやる。

「先生には言ったのか」

子猫がさっと背中の毛を立てるみたいに、ティエンが俺の手を避けた。

子がこれだけしかしゃべれないのだったら、親父なんてもっとしゃべれないだろう。

この子は相談なんて誰にもできないのだろう。もっと弱っちい卑屈な目をしていれば、
そのうち飽きて標的から外されることもあるのだろうが、この子の目は燃えるようだった。

まあ、いじめがいはあるだろうな、と思う。

「六日、わかるか」手を、6の手にする。「ろくにち、あと」

「ろくにち、あと。きます」

そう言って素早く頭を下げ、その子は帰っていった。

まったく何の写真だ、と思っていたら、ねずみくんの手で、もうほとんどパズルは完成していたので驚く。

「ああ」俺は呻《うめ》いた。それは家族写真だった。誕生日かなにかのお祝いらしい。

たぶんとても大事にして、毎日眺めていたものだろう。肌身離さず持っていたものだろう。それを知ったうえでのこれだ。たぶん。

こんなに細かいピースになってしまったものを、ひとつも欠けがないように、必死でかき集めてきたというのがわかる。

借金を鬼取り立てしていた俺が言うのも何だが、いじめにしても、ここまではやっちゃいかんだろう、人として、というラインはある。どんな悪ガキがいるのか知らないが、こういうことが娯楽としてできてしまう奴は、どこかぶっ壊れてるんだろう。

腕の怪我とかそういうものはいつか癒えるだろうが、大事な物を、こんな風に破かれた傷は癒えることはない。

「ねずみくん、修理できるのか」

「はい、修理をします」

ねずみくんの「修理をします」はいつもと変わりない。

「しっかりやってやれ」

ねずみくんはまた図書館に行くと言いだす。どう直すのかがちょっと気になって、ついて行く。ねずみくんはこの前と同じく、本を山積みにした。

パソコンの本だろうと思ったらそうではない。

俺は、当然スキャナーを使って、パソコンでちゃちゃっとやって、新しく印刷し直して修理するのだろうと思っていた。

でもそうじゃなかった。

ねずみくんの「修理をします」はデータを代えて、新たに印刷しますといった、そんな生やさしいものではなかったのだ。

ねずみくんは新たに、工房に馬鹿でかい顕微鏡を持ち込んだ。何をしているのかと思ったら、コンマ0・何ミリの世界で破れをつなぎ合わせようとしているらしい。そんなもの、つないでどうするよ、と思った。つないだところで破れの部分はあいかわらず目立つからだ。

「それ、つないでも、破れたところがわかるんじゃないのか」俺が言ってみると、ねずみくんは、「印画紙はベース層の三層の混色により――」と何かの本の一字一句を読み上げるみたいに滔々《とうとう》と話し始めるので、「ああ、そのへんはわかったわかった」と流す。

どうやら、色を塗りたいらしいのはわかった。そうは言っても、案の定、綺麗につないで乾燥させたあとも、破れたところが白く網目のようになっている。この上に手作業で色を塗ったところで、逆に目立つのではないか、と思っていたら、ねずみくんは俺の想像を軽く超えてきた。

棒状のものを取り出す。その先に何かが見えた。針よりも細い、一本の毛が張り付けられている。

「ねずみくん、これは何だ」

ねずみくんは、「色を塗る道具です」と当然のように言い、パレットにいろんな色を調色し始めた。

顕微鏡をのぞきながら、その毛で一つの点を打つ。

まさか……と思ったらそのまさかだった。ねずみくんは、写真を再現するために、この毛一本で点を一個一個打って仕上げるつもりなのだ。朝から晩まで座ったまま顕微鏡をのぞき、ねずみくんはほんの小さな点を打ち続ける。


いくらねずみくんがこんなに手間をかけて修復をしていても、また破かれるときは破かれるのだろうな、と思う。俺は学校の近くにセルシオを停めて、とりあえずの様子を見に行った。

ひどいものだった。誰もが見て見ぬふりで、通りがかった先生もたいして気にしていない様子なのが気になった。それとなく車を出すと、帰り道、ボールを繰り返し頭にぶつけ、ちょっかいをかけ、ティエンが殴りかかろうとしたら二人がかりで押さえ込み、一人が腹に蹴りを入れる。上級生なのか身体もひとまわり、ふたまわり大きい。

あれだけ体格差があったら、反撃なんてできやしない。人の心を折る遊びはまだまだ続く。巧妙に人目を避けて、ランドセルを取り上げ、河原へと誘い込む手口なんて大人顔負けだ。

すぐにランドセルの中身はぜんぶ地面にぶちまけられてしまって、中のノートも何もかも川に放り込まれてしまった。川に浮いているノートを見てげらげら笑っている。それでもティエンは涙を見せぬよう、歯を食いしばって耐えてやりすごしているようだった。ティエンは、これ以上どう抵抗しても無駄だと思ったのか、川に近づいて落とされるのを警戒してか、空のランドセルだけを手に、そのまま去って行く。

たぶん親も、外国での生活は、いっぱいいっぱいだろう。

ま、強く生きろよ異国の少年、と思ったが、こんどはノートの修理を頼まれることになりそうでなんだか困る。ねずみくんはあれから写真にかかりきりなのだ。仕事も何も進みやしねえ。

とりあえず、まだ腹を抱えて笑っている上級生たちの、すぐ背後に立った。

「面白そうだな、おじさんにも見せてくれや」

アホ面の三人組が見上げて何が見えるかというと、俺のぴかぴかの笑顔だ。左頬には刀傷。そのまま逃げようとするので、一人の首根っこを摑んだ。

「ほお面白い面白い。筆箱の川流れか」

ははは……と愛想笑いしようとする顔の前で、俺は急に真顔に戻した。

「遊んでたのか」

うんうんと頷く。

「もっと面白い遊びを教えてやる」

俺は子どもらの腹を順番に足で押した。尻餅つくみたいにして順番に水につかる。

真冬に肩までつかって死ぬほど寒かろう。

「鉛筆一本残さず拾えるまで上がってくるな。いいな」

俺は煙草を吹かしながら、ゆっくり待つことにした。

がたがた震えながら俺の足元に筆箱とノートとを並べた。

「これで全部か」

震えて頷いている三人をまた川に蹴り落とした。

「まだ足りねえ」

「それで全部です」

「なんか俺の気分的に全部じゃねえ」

それを二回くらい繰り返したら、あまりの寒さに泣き出したので、あと一回蹴り込むにとどめておいた。善行をすれば空も青いし煙草も旨《うま》い。

＊＊＊

鰐口は、そこまでねずみくんの話を語り終えると、大きく伸びをした。歩道橋から眺める駅前の人波は途切れない。ケーキの箱を持って歩く親子がいる。今日は家でクリスマスのお祝いに食べるのだろう。

例の写真の場面に出向くなら、そろそろ時間的に、よい頃合いになってきた。ファストフード店の前にも机が置かれ、何かのクリスマスセットらしく、三角の赤帽子をかぶった店員が、いらっしゃいませー、と声を張り上げた。どこからか、ジングルベルが聞こえてくる。たぶんこの駅ビルの壁面にも、巨大なツリーのイルミネーションが点るのだ。

「川に落とされてしまったその子の筆箱、その後、どうなさったんですか、洗ってその子に返してあげたとか」

さっきの話の続きが気になったのか、平坂が言う。

「ヘドロまみれだったし、なんか触るの嫌だからそのままにしておいた。俺、これでもわりと潔癖なんだ」

平坂は、ひどいな、という苦笑いを一瞬浮かべて、またもとの涼しい顔に戻った。

そろそろ行きましょうか、という顔をして、平坂が道に散らばった酒盛りのゴミをまとめ始めた。

「そんなもんこっちの人間には誰にも見えねえじゃねえか、放っとけよ」と鰐口は言うが、平坂は「まあ、見えないのはそうなんですが、何かそのままにするのはやっぱり気持ち悪くて」と言い、まとめたゴミをゴミ箱に入れた。

ぶらぶら歩いて小学校を目指した。

通りを歩いていると、公園で子どもたちの声が聞こえた。ぴーちくぱーちくスズメみたいだ。エプロンを付けたベテランと、ジャージ姿の新人、保育士二人組が、かけっこの声援を送っている。子どもたちは懸命に走る。おーいがんばれー、と叫んだ先生の、突拍子もない声のでかさに思わず笑ってしまった。子どもたちは頰っぺたを真っ赤にして走っている。リレーだったのか、最後には先生ふたりも走り出した、元気なことだ。負けかけの新人先生に、みっちせんせーい！　と口々に子どもたちが叫ぶ。平坂も立ち止まり、その様子をじっと眺めているようだった。鰐口が少し進んでも、平坂はまだ見ている。そんなに子どもが好きなんだろうか。

それにしても。鰐口は思う。過去に戻って、自分自身を見るというのはどんな気分なのだろう。もう一人の自分が、まだこの時点ではぴんぴんに生きているということになる。

平坂と小学校前で待っていると、鐘が鳴って、小学生たちの下校時間になったようだった。最近のランドセルは、オレンジだの紫だのやたらカラフルだな、などと思っていたら、一人、やっぱり浅黒い顔をしたティエンが出てきた。日付で言うと、川での事件の一日後だからか、用心して辺りを見回している。誰もちょっかいをかけてこないのを不思議に思っている様子だ。そりゃまあ奴らも、クリスマスをすぐに控えた寒空の中、あれだけ川に蹴り込まれたら少しは懲りたろう。風邪でもひいて休んでいるのかもしれない。

自分たちにも非があるのはわかっているのだろう、冬空で泳いだことにどうつじつまを合わせたのかはわからないが、特に騒ぎにはなっていないようだった。

ティエンは後ろを気にしながら進んでいたが、はっとなって止まった。交差点にあの上級生たちがいる。

「ほら、あいつらだあいつら、いかにもつまんねえことやりそうな顔してるだろ」と、鰐口が指をさして、平坂に説明する。一人はダボダボの服を着て一丁前のやんちゃを気取り、あと二人は、ボスの腰ぎんちゃくのようにくっついている。

その上級生たちは、目をそらして、何か耳打ちしあったあと、そのまま行ってしまう。ティエンはその様子を、立ち止まって眺め続けた。わけがわからないながら、ほっとしているようだった。

これで終わりじゃない。外国人が日本でただ生きていくのは難しくはない。でも言葉を覚え、その場になじむような言動も身につけ、うわべだけじゃない友人を作ったりするのは、たぶん、とても難しい。闘いの始まりだな、異国の少年。

でも今日のところは――

安心して進めばいいさ、と鰐口は思う。

平坂と二人でティエンの後ろに続く。工房が見えてくると、ティエンはだんだん早足になった。走り込むみたいにして扉を開ける。そこは何事もなかった去年のクリスマスで、いつもの工房だった。鰐口は妙な気持ちになる。生きていたときの自分が、目の前にいる。生きて足を組み、偉そうな態度で椅子に座っている。ねずみくんは、いつもの通りこまごまとした作業をしている。

過去の自分自身に声をかけてみた。「おい、過去の俺、あのさ、聞けよオイ」過去の自分は、ただ座っている。何も聞こえていない様子だった。

平坂が、「申し訳ありません。過去にお戻りになっても、こちらの姿は誰にも見えないようになっています。ですので、声をかけたりして、運命を変えることはできないんです。できることは、ここで写真を撮ることだけです」

ふん、と鼻から息を出して腕を組んだ。「これからは背後に気をつけて歩けよ俺、とかも言えねえってことだな」

「ええ。運命を変える行為は最大の禁忌となっています。まあ、実際、不可能なんですが」

そうこうしているうちに、ティエンが口を開いた。

「こんにちは」

やっぱりどこか奇妙なアクセントで言うと、ねずみくんは顔を上げた。生きていた頃の自分も、その様子を見るともなしに眺めている。ねずみくんが、机の上に一枚の写真を出した。

「この写真は壊れていた。わたくしは直しました」

おお、とティエンは写真にそっと触れた。ぼろぼろと泣き出した。どの国でも感情は同じだ。

「このおじさんがさ、顕微鏡でつないだ。色も描いて直した。その上から、もう一回コーティング……まあ、薬を塗って平らにしたんだ」

鰐口がティエンに説明してやりながら、奥の顕微鏡を顎で指すと、ティエンは泣き笑いみたいな顔で笑った。

支払いは特別料金ではなく、最安の料金だった。ティエンはそのほとんどを小銭で払った。

そのやりとりを脇で見ていた鰐口が、平坂に声をかける。

「平坂さんよう、さっきのライカをくれや」

平坂は露出計を取り出して光を測り、全員が入るくらいの位置に立って、ライカⅡfを覗く。何かの操作をすると、どうぞ、と差し出した。

鰐口はライカを受け取ると、小さな丸窓を覗いた。泣き笑いするティエンと、いつもと何も変わらないねずみくんと、自分とが四角の中に写っている。

自分は相変わらずの面相だし、ねずみくんも例の貧相な顔で黙っているし、ティエンは泣いてんのか笑ってんのかわかんないようなぐしゃぐしゃの顔でいる。珍妙な眺めだ。でも、悪くねえな、と思う。

シャッターを押すと、ことん、という感じの静かな感触がした。

ティエンは何度も礼を言いながら帰っていった。

「写真を返してやる日を今日のクリスマスイブにしたのは、ねずみくんからのクリスマスプレゼントなのか」

と、鰐口が聞いている。ねずみくんが、作業工程にかかる時間数を細かくしゃべり始めたので、「もういいもういい」と笑って流す。

すぐにティエンが戻ってきた。

ティエンの差し出してきたものは、餅米を何かの葉っぱで四角く包んだような、変わった味の食べものだった。


瞬《まばた》きすると、例の写真館に戻ってきていた。

「お疲れさまでした」と平坂が言った。「珈琲でもお淹れしましょう」と言う。なんだかずっと長い旅をしてきたみたいだった。鰐口は、「砂糖を二杯。ウィスキーを少し落としてくれ」と言った。

豆を挽《ひ》く音が微《かす》かにする。いい匂いが立ち上ってきた。

「あの何ヶ月か後だ、まあ俺、後ろから刺されたんだよな」

鰐口が言うと、豆を挽く音が止まった。

「覚悟の一突きだよ、誰かはわかんねえ。たぶんいろいろ恨んでいる奴はいるだろうし。そん時は、悪いことに、店にたどり着こうとするところを、通勤途中のねずみくんとかち合ったんだよな。血だらけの俺を見てたまげただろうなあ」

鰐口は写真を選び始めていた。平坂は、出来上がった珈琲をそばに置くと、「私は暗室で現像して参ります」と言う。

「現像の様子、ご覧になりますか」とも言うので、暗室に男二人きりというのも、かなり暑苦しいなと思った。

「いや。任せる。一等いかした感じに焼いてくれや」

「はい、かしこまりました。お任せください」平坂も笑みを浮かべる。

四十七年分の写真の束を、一枚一枚じっくり見てみると、俺の人生にもいろいろあったなと鰐口は思う。こんなもんすぐに選べるだろうと思いきや、一枚一枚に見入ってしまって、選ぶのには、それなりに時間がかかった。最初の結婚と離婚、もう会っていない子どものこと。二番目の結婚のこと。出所した日……

どのくらい集中していただろう。

平坂は、選び終わった四十七枚の束を前にして、「お疲れさまでした」とねぎらってくれた。

「さきほどの写真も、プリントができました」

平坂はそっと、生まれたばかりの子を託すみたいな丁寧な手つきで、写真を差し出してきた。

鰐口は、その写真を手に取った。座ったまま、じっくりと写真を眺める。Ｆ２・８エルマーとやらの仕事が、どんなもんか見てやろうじゃないか。

それは白黒の写真だった。なんだモノクロか、色もないのはつまらんと最初思った。

あの光景は立体で、この写真はつるっとした、ただの平面だ。でもよくよく見ると、あの場面を薄く剝《は》いで、そのままここへ持ってきたかのような写りをしている。真ん中の、泣きべそをかきながら笑っているティエンの横顔から、ひとしずくが落ちようか落ちまいかというところ、その涙ひとしずくにもきちんと湿度があった。一番奥にいる自分の顔も、手前の、いつもと何も変わらないねずみくんの小柄な姿、その服の皺さえも、白黒の柔らかな光の中では、名画のワンシーンみたいに調和して見える。

まあ、一言で言うと、いい写真だった。

「ほら見ろ、俺の写真の腕もなかなかだろ」と言うと、「ええ」と平坂も笑みを浮かべて答える。

「この一枚で、総仕上げに入ります」

写真を渡すと、平坂はまた工房に引っこんでいった。

平坂が何らかの作業を終えるまで、氷をグラスに入れ、ウィスキーを勝手に入れて指でくるっと回し、ひたすら飲んでいた。ふと見ると、写真立てに写真が飾ってある。なんだよ平坂さんよう、自分の顔写真、飾ってるなんて、ナルシストすぎるんじゃねえの、と思ったら、ふと思い出した。記憶のない平坂が、一枚だけ、謎の写真を手に持っていたという話を。

これが例の写真か。鰐口は思う。推理ドラマが好きな俺が、推理してやろうと写真をじっと眺めた。

背景は山で、平坂が、なんだか幸せそうな顔をして笑っている。

しばらくして、平坂が呼びにきたので、厳かな顔で、鰐口は託宣を告げた。

「これはな、この山を買ったという安堵《あんど》の顔だぜ。生前、平坂さん、あんた、しいたけ農家だったんだ」

「しいたけ……農家ですか」

「しいたけ好きそうな顔をしている。これはうまいものを食べたときの笑顔にちがいない」

そうですか、と腑に落ちない顔をしている。「まあ、いい奴だったってことだ」

しばらく二人して写真を眺めていた。

「完成しました。こちらです」と、平坂に、向かいの白い部屋に促される。鰐口は、脚も組み、腕も組んでソファーの背に身体をあずけた。いい感じに、身体がほんわり温かい。

真っ白な部屋には、もう、走馬燈の灯が点されていた。白い床に光が伸びている。「この走馬燈が、回り始めてから止まるまで、じっくりごらんください。止まると、いよいよ旅立ちです」

写真は、内側からの光で発光しているようにも見える。

「では、始めます」と言い、平坂が走馬燈に手を触れた。

走馬燈は回る。まあ、なんでもこうやって回してみると、それなりに綺麗に見えるものだな、と思う。最後は誰かに刺されて死ぬような生き方だったとしても。

「まったくしけた人生だった」

一歳でふくふくしていた自分の顔が二歳、三歳、四歳となり縦に長く伸びていく。そのころに出て行った母ちゃんは、今も生きているのだろうか。生きているのなら、俺の死亡ニュースを見て我が子だとわかっただろうか。この頃からすると、まったく人相も違ってる。たぶん写りのいいやつとか気にせず使うだろうから、ものすごい悪人顔がお茶の間に流れたことだろう。

自分の選び続けてきた人生の分かれ道は、最後には血まみれのあの日につながっていたわけか、と思う。

九歳の、自分の写真を眺める。ジャングルジムのてっぺんで、はるか遠くを眺めている。

もしも、このあたりから別の分かれ道を選んでいたら。例えばある日の選択——ムカつく先公をぶん殴る、殴らないとか、そんな分かれ道の判断が、一個でも違っていたなら。

ま、やり直せたとしても、もう一度ぶん殴るような気もする。蹴りも二三発追加してたかもしれない。いや、しただろ、絶対。今度は頭突きもつけてやるクソ先公め。

人生に、「たら」も、「もしも」もない。今は、自分の選び続けてきた分かれ道の結果でできている。

でも。もしも——

「今度生まれたらよう、リサイクル屋でもするかな、まあ地味っちゃ地味だよな」

鰐口がそう言うと、平坂は静かに笑みを浮かべた。

ぼんやりとした色が次第に輪郭を伴ってくる。白と黒、人生最後の一枚になった。

最後の一枚が、貧相なおっさんと泣いてるガキと一緒の写真だというのがまあ、しょんぼりといえばしょんぼりだ。でもまあ、こんなのもありか、と思う。

「じゃな」

鰐口がつぶやいた。

速度が落ちるにつれて光が強くなっていく。目を閉じると、鰐口の意識は眠りにつくときのように、淡くぼやけていった。

走馬燈は、動きを止める。

*

光が強くなり、部屋中が白く包まれる。

鰐口の姿は、その強い光に溶け込むように薄れていき、明るさが元に戻るころには、鰐口は部屋のどこにもいなくなっていた。

平坂は、また一人となってしまった部屋にいた。鰐口の走馬燈を前に、手元の小さな明かりのみをつけて、記録をとっていたのだった。止まった走馬燈を前に、思いをはせる。

鰐口の走馬燈は、青みがかった色の重なりを見せながら、真っ白な床に強い光を落としている。

ちょうどこちらに向いた面に、白黒の写真があった。鰐口と、ねずみくんと子どもが写っている、最後の一枚だ。ねずみくんは、ほんとうに「ねずみ」としか言いようのない顔をして立っている。

いつか遠い未来。また二人で、リサイクルショップができる日がきたらいいだろうな、と平坂はひとり、思いをめぐらせる。

ポケットの中をさぐると、何かが触れた。すっかり忘れていたけれど、オイこれ取っとけよ、なんて鰐口が無理やりねじ込んできたお菓子だ。よく見ればチョコレートで、パッケージに〝メリークリスマス〟とある。鰐口の、なんだかよくわからない気遣いに苦笑する。

また、記録をとる手を動かし始めた。止まった走馬燈を前に、平坂は、鰐口の語った話を思い返しながら、記録用紙に書き込んでいく。さらさらという音だけが、部屋に響く。

配達人の矢間は、もうすぐやってくるだろう。いつもの通り、上機嫌で。跳ねるような足音で。久しぶりに、お茶でも勧めてみようかなと思う。なんだか、今は、ゆっくり話でもしたい気分だった。

＊

——落ちる。鰐口は思った。

鰐口は、はっと気がつくと、小崎の枕元に立っていた。

なんだこれ。

しかもなんで小崎だ。

これはもしかして、噂の夢枕というものなのか。それにしてもきたねえ部屋だ、少しは掃除しろよと思う。布団なんて万年床っぽく、周りにカップラーメンの空いたのやコンビニで売っているような漫画が山積みになっている。小崎は、口を半開きにしたまま大の字になっている。

鰐口は小崎をいきなり蹴飛ばした。つま先にしっかり感触があった。たいへんよろしい。

「起きろ小崎！」

「え、っえ。鰐口さん病院……化けて出ないでくださいよナムアミダブツ！　成仏！悪霊退散！　天国はあちらですあちら！」と、玄関を指す。

「誰が悪霊だてめえ」

腹のあたりをふんづけると足裏の感触もあった。面白くなって、歌いながら踏み台昇降みたいに踏みまくった。

「お前に一つ言い残しておくことがある」

靴の下でハアハア息をしている。

「ねずみくんの面倒を、これからもあの工房でみてやれ、つまんねえことでクビにしたりなんてしてみろこの野郎、毎日化けて出てやるからな覚えとけ！」

顔を近づけると、ひいっと変な声を上げて逃げようとする。

「わかりましたわかりました！　ちゃんとやりますから」

お化けらしく見えるように目をむいて、手をうらめしやの形にした。

「俺の呪いはすさまじいぞ……炊飯器を開けてもうらめしや、シャワーの穴からうらめしやだ」

「わかりましたから！」

小崎は布団をかぶって丸まってしまった。

次にはっと気がつくと、鰐口は、「リサイクルショップ・アンドロメダ」の前に立っていた。

「修理します」の看板も、まだしっかりかかったままだ。

中に入ると、工房の机には、ものすごく複雑な計算式や何かの図が山積みになっていた。いつも一ミリの精度で整頓されている工房が、ちょっと乱れている。何かの修理で相当立て込んでいるのだろうか。

ねずみくんは、忙しいときにはそうしていたように、工房の床の空いたスペースに薄いマットを敷いて、そこで棒みたいにまっすぐになって寝ている。

「ねずみくん。ねずみくん」と揺り起こすと、ねずみくんは目を覚ました。体調が悪いのか、頬のあたりがげっそりして、なんだかやつれているような顔をしている。よけいにねずみらしさが増していた。そのまま、ねずみくんは起き上がった。つられて立ち上がる。

「おはようございます」辺りを見回して、まだ暗いことに妙だと思ったようだった。

「あなたは壊れていた――」

次のお決まりのセリフが出ると思っていたら、いつまでたっても（わたくしは直しました）が出てこない。あれ、と思う。

「ごめんなさい」

今の今でねずみくんの口から、ごめんなさいなんて言葉が出てきたことに心底驚いた。あんなに謝れと言っても、何があっても謝らなかったあのねずみくんが、今、謝っている。

「お、おいねずみくん、何だよどうした、お前、何か変なもんでも食ったのか」なんだかおかしくなって笑ってしまった。

ねずみくんは、じっとこちらを見ている。

「あなたは壊れた。わたくしは直すことができませんでした」

ねずみくんは、直立不動で続ける。

「毎日調べました。しかしわたくしは直すことができませんでした」

しばらく黙っていたねずみくんが、口を開いた。

「直したかった」

＊＊＊

蒸し暑く寝苦しい。小崎は飛び起きた。「なんて夢だ……」昨日、死んだ鰐口が枕元に立っていて、「ねずみくんの面倒を見てやれ。クビにしたらてめえ毎日化けて出るぞ」とさんざん踏みつけられたのだった。起きても身体の節々が痛く、踏みつけられた腹を見れば、うっすらとあざになっている。あわてて財布だけ掴んでコンビニに塩を買いに行った。「あのさ、大袋ないの」と聞いたが、ちょうど品切れで、小瓶しかないそうだった。その小瓶を五つぐらい買う。ガーリックが入っているけど、まあ塩は塩だ、と思う。

死んだ鰐口が枕元に立ったと言うと、馬鹿言えと皆に笑われたが本当だ。小崎は塩の小瓶をいつも携帯して、こんどまた化けて出たら、これで穏便に地獄にお帰りいただこうと思っている。

工房にはあの変な男、「ねずみくん」がいる。ねずみくんは鰐口社長が死んだ後も特に変わりなく、何かの作業をちまちまとしている。よくわかんねえ奴だなあと小崎は思う。

このリサイクルショップ・アンドロメダにはどんな噂が立っているのか知らないが、お客は減ることもなく、毎日、ぼちぼちの入りだ。

ねずみくんは、この前のハムスターの修理をしているようだった。

「そのハムスターどうするんだ。ターボでもつけてみるか」

ねずみくんは無言で電池を外し始めた。

そのまま、そのハムスターを手で包み込むようにして、外へ出る。なんだかねずみくんの行動が気になって、小崎も後についていくことにした。

ねずみくんは、迷いのない足取りで土手に着くと、そっとそのハムスターを地面に置いた。草をむしり、落ちていた木の棒で、土を掘り始めた。土は固くて、最初ほとんど掘れなかったようだが、そのうちだんだんほぐれてきたようだった。

小崎も、欠けた植木鉢の破片が落ちていたので、拾って掘るのを手伝ってやる。

ハムスターを埋め終わると、二人でなんとなく手を合わせた。

あたりには土の臭いがしていて、乾いた風が草を揺らしている。土手を走る人が軽快な足取りで横切っていくのが見える。視線を上にあげると、飛行機雲が青空に一本の線を描いていた。見れば、ねずみくんも、同じように空を見上げている。

そのまま、その線が青に溶けていくまで、二人でじっと空を見つめ続けた。

第三章　ミツルと最後の一枚

足音が近づいてくる。跳ねるようなリズムで、足音までが楽しそうだ。

ノックの音が、とん、とん、とととん、というように楽しげに鳴る。

「配達、配達ですよー、平坂さあん」という、いつもの声がした。

平坂は、毎度毎度同じことをこうやって繰り返しているのに、矢間は何も変わることなく楽しそうだな、と思いながら扉を開けた。

扉の外には矢間がいて、帽子を後ろ向きにかぶっている。今日は珍しく、台車はないようだった。

「今日のお客さんは、こちら」

言いながら、片手で封筒を出してくる。今回の写真は、台車を出さないでも持ってこられるくらいの量なんだな、と思った。もしかすると、まだ子どもなのかもしれない。

平坂は受け取りサインをしようとした。

「写真はあることはあるけど、今回は、仕事なしだよ。お疲れさん。そのまま部屋でお茶でも飲んでいたらいいと思う。そうしたらおしまいになるから」

などと、矢間が意外なことを言い出す。そういえば、以前にもそんなことがあったのを思い出した。あまりないことなのだけれど、蘇生するケースだ。

「そうか。よかった。この写真の数だったら、まだ子どもみたいだし、生き返るなら、なによりだ」

矢間の表情がすっと色を失くしたのを、見逃さなかった。

平坂は言う。「ファイル見せて」

そういえば、矢間はいつも、冗談を言いながらファイルを見せてくるのに、小脇に抱えたまま開こうともしていない。見せて、と言っても、まだそのままでつっ立っている。こんなことは初めてだった。

「見せて」

「この子は苦しみ抜いて二度死ぬ。結局亡くなってしまうんだ。深く知らない方がいいと思う。だから平坂さんは、ここでゆっくりお茶でも――」

「見せて!」

語気を荒らげた。

矢間が取り出したファイルには――赤い付箋があった。赤い付箋は、殺人事件か自殺か、人の手によってもたらされた死についてのアラートだ。中身を読んでいる間にも、矢間の声がする。

「ねえ平坂さん。平坂さんにできることは何もないよ。運命を変えるのは僕たちの禁忌だから重い罪に問われるし、それ以前に、何をどうやっても、もう決まっている運命は、案内人には変えようがないからね」

「……わかってるよ」

「この子に、おいしいお茶でも淹れてあげて」

矢間はそう言い残すと、出て行った。


ふと人の気配を感じると、もう、子どもがソファーに横たわっていた。この子が、次の客らしい。

まだ幼い。髪はバリカンで乱雑に刈ったような丸刈りだ。ひどく痩せていて、うなされているみたいにぎゅっと目を閉じている。古びたフリースを着ていて、中に戦隊もののTシャツが見える。黒い半ズボンから足がまっすぐに伸びている。まだよく眠っているらしい。

平坂は、音を立てないように、封筒から写真を取り出して、受付のカウンターの上にそっと広げた。

平坂の手が止まった。どのくらいそうしていたのかはわからない。そのまま、のろのろとした手つきで写真を封筒に戻して、眠っている子どもを見た。

何かの気配を感じたのか、おびえたように、突然その子が目を開ける。

瞬きを繰り返すその目と、目が合った。

「……ようこそ。山田《やまだ》さん」

その子は、やはりこちらを警戒している様子だった。おびえたように、腕で顔をかばい、ソファーの隅で身体を縮める。

「ええと、山田さん。待っていました。ここにくることは、もう、決まっていたんですよ」

おびえた目をして動かない。

「ミツル……さん。ミツルちゃん」

というと、微かにうなずく。

「ミツルちゃんは何が好きかな。ケーキも出してあげるし、ジュースだって何でもあるよ。おにいさんは写真館をしていてね。さあ、こっちの部屋においで。中へおいで」

びくっとミツルの肩が震えた。首を横に振る。やっぱり、いきなりひとりでこの写真館で目を覚ましたことで、怯《おび》えているようだ。このままではらちがあかないので、真実を話すことにした。

「ミツルちゃん。ミツルちゃんは、もう亡くなってしまって、今から、天国に行くくんだよ」

ミツルの頬に少し赤みが差した。

「ここはね、その道案内みたいな場所の写真館なんだ。だから、死んだ人はみんな、ここにくるんだよ。もう何も心配しなくても大丈夫。おにいさんは、その案内をする人だから」

「死んだの」

消え入りそうな声だった。そのままうつむいて、自分の手をじっと見ている。

「そうだよ。残念だけどね」

ミツルはうつむいたままでいた。

「まだ少し時間があるんだ。おにいさんと一緒に、どこかに遊びに行こうよ」

ミツルは首を横に振る。

「公園に行って、チョコレートを食べたりしよう。ブランコとか、キャッチボールとか、焼き芋とか……楽しいよ」

ミツルは、チョコレートという単語に少し反応したようだった。

「アイスクリームは、好きかい」

迷っているのか、目が左右に動いている。

「心配しなくてもいいよ。おにいさんは、こうやっていろんな人を案内するのがお仕事なんだ。時間旅行だってできるんだよ、カメラを持ってね」

機材庫の扉を開けて見せると、ミツルが、迷いながら、こくんと頷いた。

「一緒に行こう。楽しいよ。おにいさん、カメラを持って行くからね。ちょっと待ってて」

機材庫からカメラを持ち出す。ここにきた、話し好きのお客が勧めてくれたカメラで、自分では一番、馴染みのあるカメラだった。

「これはね、ニコンＦ３っていうカメラなんだよ。とてもいいカメラなんだ」

ミツルは、カメラにはまったく興味がないようで、すぐに視線を逸らした。

「じゃあ、ここから出発しよう。おにいさんの隣に並んでごらん」

ミツルも少し距離をとったまま、扉の前に立つ。

平坂が、ミツルの最後の写真から選んだ日にちは、三月十六日だった。

＊＊＊

足の裏に違和感を覚える。坂道だ。平坂とミツルは、二車線の山道に立っていた。

あたりはまだ薄暗く、山の稜線に光が差し始めたのが、木立の間から見える。突然の移動に驚いたのか、ミツルの肩が、びくっと震えて、ふもとへ駆け出しそうになる。

「大丈夫。大丈夫だよ。この山を少し降りてバス停に出たら、バスに乗ろう。遊ぶところを探しに行こうね」

平坂のだいぶ後を離れて、ミツルも、とぼとぼとついてくる。ここはミツルの家の近く、記憶の中にはあるはずの道なので、見覚えはあるのだろうが、どうしたらいいのかよくわからないらしい。このままついて行っていいものか迷っている様子だが、平坂について行く他はないと思っているようだった。

ガードレールが続いている坂道を、たっぷり時間をかけ下っていくと、ようやく畑の間に人家がまばらに見えるようなところに出てきた。バス停が見える。バス停は雨を避けられるよう、ちょっとした屋根がついていて、小屋のようになっていた。中に木のベンチが置かれている。壁の時刻表を見ると、一時間に二本しかないのがわかった。平坂とミツルは、ベンチの端と端に座った。

何という鳥だろう。早朝の空気の中、鳥の鳴き声が遠くに響く。

野球部の学生なのか、大きな鞄を持った学生が、ベンチの真ん中に座る。眠いのか、あくびばかりしている。

そのうちバスがやってきて、平坂たちも乗り込んだ。ミツルは、一番後ろの席に座った。

平坂は、揺れに身を任せる。田舎のバスは、バス停とバス停の間が長いなと思う。そのうちに一組の家族連れが乗り込んできた。子どもは男の子で、父親の膝の上に載せてもらって上機嫌だった。母親の荷物から、敷きマットや水筒、弁当の袋が見える。家族写真を撮ろうというのか、大きなカメラも提げている。

バスは走り、どんどん開けたところに出てきた。中央公園前というアナウンスが聞こえて、平坂は、後部座席のミツルに手で合図を送った。降りる家族連れに続いて、平坂たちも降りる。

冬も終わりかけ、もうすぐ春になろうという良い時期、日差しが温かい。

「ミツルちゃん、あそこにコンビニがあるね。おにいさんが、何でも好きなもの買ってあげるよ」と言うと、表情も薄いながら、目に光が差した。

コンビニに入ると、ミツルの目が棚のあちらこちらを見る。前から歩いてきたお客さんが、自分の身体を通り抜けたのを見て、驚いて「あっ」と声を上げた。

「こっちの人たちには、おにいさんたちの姿は見えないし、聞こえないんだ、誰にも。だから安心していいよ」

ミツルは、自分のお腹辺りを触って確かめている。

「お供え物って聞いたことあるかな。人間じゃないものに果物とか、食べ物をあげるでしょ。あれも、ちゃんと食べられるんだよ。さあ、好きなものを指でさしてみて」

最初は遠慮がちだったものの「お金のことは気にしないで。いくらでも、好きなだけ買っていいよ」と言うと、あちこち指さし始めた。そのたびに意識を集中させて、ポップコーンの袋やら、マシュマロやらを摑み、ゆっくりと引き出してみる。手品みたいに物が二つに分かれるので、ミツルは驚いたようだった。

そのあと会計をどうするのかミツルがじっと見ているので、一応形だけでも「お金は払っておくよ」と言い、こちらを見ていない店員に、「お願いします、こちらお金です」と言って払うそぶりを見せる。

公園に着くと、まずお菓子を食べた。ミツルは、よほどお腹がすいていたのか、たくさん食べる。

公園には、いろいろな遊具があって、親子連れでにぎわっていた。

ミツルはどうしていいかわからないみたいだった。遊びに誘ってみる。ブランコに座らせて、そっと背中を押してやる。ローラー滑り台を一緒に滑ってみる。速さが出ると声を上げた。池があったので、石投げに誘ってみる。そのうちにだんだんと楽しくなってきたのか、一人でも遊び始めた。その姿を、目で追う。池の飛び石を飛んで向こうまで行ったり、大きく腕を伸ばして、つりわにぶら下がっている姿……

山道を上がったところに展望台があるようなので、そこへ誘ってみる。「ミツルちゃん、ちょっと展望台に行ってみようよ」

徒歩二十分目安とあるので、行って帰ってくるのにはちょうど良さそうだった。

森の中、落ち葉が溜まった石段が続いている。

登り始めると、公園の喧噪《けんそう》がだんだんと薄れていき、落ち葉を踏む微かな音だけになった。空気が澄んでいる。

葉が落ちてしまった枝に、そこだけボールみたいに、緑が丸くなっているところを見つけた。

「ミツルちゃん見て。あれ、ヤドリギだよ。あそこだけ別の木なんだよ」

ミツルが上を見上げた。

石段を一段ずつ踏みしめて歩く。展望台まではすぐだった。ミツルが聞いているかどうかはわからないが、いろいろ話しかけてみる。

「このカメラ、レンズはGNニッコールっていうレンズなんだけど、このとおり薄いから、山登りするときも邪魔じゃないでしょ」

ミツルにレンズを示すと、ちらりとこちらを見た。「ほら、こんなふうに」と、斜めがけにしたストラップを見せる。

「ミツルちゃんも撮ってみるかい。設定しておくから、ピントとかは気にしないで、四角の中に撮りたいものを入れたら、自由に撮っていいよ」

どこでもピントが合いやすいように設定してやる。

「ほら」と、カメラを差しだすと、ミツルはそのカメラを覗いてみたくなったようだった。首にストラップをかけてやる。ミツルが持つと、カメラがずいぶん大きく見える。カメラ越しに、あちこちを覗いている。シャッターボタンと巻き上げの位置を教えてやると、最初はおそるおそるだったが、だんだん楽し気にあちこちを撮りだした。

平坂が展望台に先回りで到着すると、階段を登ってくるミツルが、こちらを撮っているのがわかった。大きく手を振る。「もうすぐ展望台だよ。お疲れさま」

展望台には家族連れがいた。女の子が、大きな声で、何かを叫んでいる。

「学校の先生！」

その女の子は、丸い石に片手を当てていた。

次に、おにいちゃんらしき男の子が、同じように丸い石に片手を当て、「宇宙飛行士！」と叫ぶ。「ＮＡＳＡの職員！」とも叫んでいる。

「おにいちゃん、二つはだめだよ」と言われて笑っている。

「なれますように。宿題を忘れないで頑張ってたら、きっとなれるかもしれないよ」

と、お母さんがふたりの頭を撫《な》でてやっている。

「ＮＡＳＡの職員か。こりゃいっぱい頑張らなきゃだめだなあ」と、お父さんも笑って写真を撮っている。

景色も良いので、カメラでお互いを撮り合っていた。もしも自分の姿が見えるなら、家族そろった写真を撮ってあげるのだけれど、あいにく今は誰にも見えない姿だ。

家族連れが降りていくと、あたりは急に静かになった。

さっきの家族のところに、つやつやした丸い石があった。大人がうずくまっているくらいの大きさで、とても大きい。

よく見ると、石に片手を当て、大きな声で叫んで、やまびこが返ってくれれば、願い事が叶う石だという表示があった。だから、あの子たちは、将来なりたいものを叫んだのか、と思った。みんなが手で触れたのか、手で触れる部分が、いっそうつやつやになっている。いろんな夢がここで叫ばれたことだろう。

「ミツルちゃん、この石。将来なりたいものを叫んで、やまびこが返ってきたら、願いが叶う石なんだって」

ミツルはうつむいたまま、じっと地面を見ている。しばらくそのまま黙っていた。

「いらない」

首を横に振る。

「無理だから」地面に小さくつぶやいたあと、ミツルはまっすぐにこちらを見た。「おにいちゃんは」

「え。おにいさんは、ってこと？」

頷く。

何になりたいのか、ということなのだろうか。

「ええと。何になりたかったのか、というと」言いながら、答えを探す。かっこよくて、教育的で、いい答えを。でもどれもこれも嘘みたいで、平坂は口に出せなかった。

なりたかったもの。

やりたかったこと。

ずっと、探していた。

「今までは正直、よくわからなかったんだ。わからないままで来ちゃったから」

しばらくそのまま、黙って二人、景色を眺める。

「でも。ようやくわかった気がする。自分のすべきことが。おにいさんにもね」

そう言って、石に手をついてみた。石はほんとうにすべすべで、いつまでも触ってみたくなるような不思議な手触りをしていた。この石に手をつくとき、いつでも人の心にあるのは希望に満ちた未来なのだろう。

平坂は祈った。さすがに叫ぶまではしなかったけれど。

展望台からは一面が見渡せた。公園で遊ぶ人たちが眼下に小さく見えている。遊具も子どもたちの服も、色であふれていて、何もかもがカラフルなミニチュアみたいだ。走り回っているのは鬼ごっこをしている子らだろうか。縄跳びをしている子どもたちも。見ていて飽きない。

ミツルはカメラのファインダー越しにその様子を眺めていた。こっちを気にするので、「いいよ。たくさん撮ってね」と声をかけてやると、あちこちを撮った。

風が心地よい。

平坂は両手のひらをメガホンみたいにまとめると「見ててね。できるかな……」と言った。ミツルが、何をするのだろうと見ている。

あー！　と大声で叫んだ。

ミツルは驚いたようだった。

ああ、と小さく声が反響して戻ってくる。何度も。

「やまびこ。ミツルちゃんもやってみようよ」

最初は小さな声しか出なかった。「もっとお腹から、声を出すと気持ちが良いよ。ほら、叫んで」

ああ、という声が、だんだん大きくなる。

「もっと大きく！」

「あー！」

あー、というミツルの声が戻ってきた。

そのうちに声を出す自分が面白くなったようで、ミツルは薄く笑った。「大きな声を出すと、不安な気持ちとかも、声と一緒に全部飛んでいく気がするでしょ。ほらね」

平坂も叫ぶ。「あー！」

ミツルも真似をしようとする。

「さあミツルちゃん、もっと大きく。叫んで！　叫んで！」

一番大きな声が出た。見るとミツルは額に汗をかいていた。へへ、と笑う。平坂に初めて見せた笑い顔だった。

持ってきたチョコレートも、銀紙をむしるように破って一気に食べる。「そんなに食べたら虫歯になるよ」

「大丈夫」

展望台から降りるころには、ミツルもだいぶ打ち解けてきて、少し会話もできるようになった。

木立の向こうに、公園で遊ぶ子たちの姿が見える。

木の根元に落ち葉がたくさんたまっているところがあって、平坂は靴の先で落ち葉を探った。

「ミツルちゃん。落ち葉をたくさん集めておいで。さっき、コンビニでお芋を買ったから、ここで焼いて、焼き芋にして食べよう」

ミツルは喜んで、落ち葉を摑んで集め始めた。一ヶ所にまとめて大きな山にする。

芋を洗って、ホイルでぴっちりとくるむ。

「隙間がないようにね。焦げちゃうから」

ミツルも芋をホイルでくるんで、その落ち葉の中に入れた。落ち葉の山を前にして、何で火をつけるのだろう、という顔で見ている。

「おにいさんは煙草を吸わないんだ。だから、火をつけるものがないね」と言うと、がっかりしたようだった。

「でも安心して。おにいさんが、火をおこす方法を知っているよ」

平坂はカメラからレンズを外した。絞りを開けて、レンズの光の丸を地面に映した。

「なるべく、黒くなっている葉っぱを見つけてごらん。黒ければ黒いほどいいよ」

言われたとおり、ミツルは黒く変色した葉っぱを出してきた。

「それを、地面に置いて。あとは見ててね」

地面に置いた葉っぱに、レンズで光を集める。その光の丸が小さな点のようになったとき、煙が立ち始めた。

「わあ……」

「こういうレンズで、マッチがなくても火をおこすことができるんだよ。レンズがないときには、ビニール袋に入った水でもできるからね」

平坂が、地面に枝でビニール袋の絵を描いた。そこに、光が集まって焦点を結ぶ絵を簡単に描いてやる。

「本当？」

「できるよ。同じように、光を集めるんだ。ほら。ミツルちゃんもやってみて」

ミツルにレンズを握らせて、同じようにやらせてみる。

煙が立ち始めた。「本当にできた」

「こうやって光を集めるんだ。黒いものがよく燃えるよ。覚えておくと良いよ。生まれたばかりの火は弱いから、ほら、見て」

　平坂は、ポケットを探った。

「ポケットの中の綿ぼこりはとても燃えやすい。だから、この煙の所に綿ぼこりを近づけてみよう」

　そっと綿ぼこりを置くと、煙の量がみるみる増えた。

「こうやって、だんだんと火を強くしていくよ。ここまで火が強くなったら、火を吹いても、あおいでも大丈夫だよ。強い火になって、もっとよく燃えるから」

　落ち葉が燃え出して、急に火がめらめらと大きくなる。顔を近づけて吹こうとして、ミツルはまともに煙を吸ったらしい。げほげほとむせ始めた。

「大丈夫かい、ミツルちゃん。煙は吸うと身体によくないから、あまり吸わないようにね。例えばだよ、もしもね、火事になったときには、ぬらした布で口をおさえるといいよ。必ず覚えておいてね」

「うん」と素直に言う。

　たき火はずっと燃え続けた。その火の形を、ミツルのすぐ隣に座って、黙って眺め続ける。

　もういい頃合いかな、というころを狙って、枝で中を探ってみる。大きな芋を狙って突き刺すと、芋は芯まで柔らかく焼けていた。

「さあ食べよう」

ホイルごと割ってミツルと半分こし、熱いのをふうふう冷ましながら食べると、しっかりした甘みを感じた。「おいしい。ほんとうにおいしい」

ミツルがぽつりと言う。

焼き芋を撮りたくなったみたいで、そばに置いてあったカメラを手に取った。「あまり近くだとぼんやりしちゃうから、このくらい離れた方がいいよ」と両手を広げて教えてやる。

ミツルは三歩引いたところから、落ち葉の上の焼き芋を写した。今度はカメラを、こちらに向ける。ミツルは少し照れたように笑みを浮かべていた。「おにいさんを、撮ってもいい？」

「もちろん」平坂は笑みを浮かべた。シャッター音が響く。

「食べたら帰ろうか。今撮った写真をあとで現像してあげるからね。一緒に見よう」と言うと、ミツルは、嬉しそうに「うん」と言った。

手を差し伸べてみると、ミツルはやっぱり迷ったようだった。「そうか」と笑って、平坂は歩き始める。その手を、ミツルが控えめに握ってきた。

一歩進むと、もう写真館の中だった。ミツルは手を握ったまま、驚いたように辺りを見回していた。

「さあ今から、写真を見てみようね」

フィルムを巻き取って、カメラの裏蓋を開ける。フィルムのパトローネを取りだしてミツルに見せた。

「その中に、写真が入っているの」と聞いてくるので、「これは、そのままだったら見られないから、今から、薬を使って見えるようにするよ」と説明する。

「この現像タンクのなかに、フィルムを入れて、薬を入れて現像するんだよ」

ステンレスの筒のような現像タンクと、フィルムをぐるぐると巻きつけるためのステンレスのリールを見せると、ミツルも少し興味を持ったようだった。

平坂は暗室を真っ暗にして、フィルムをリールに巻き取り、ステンレスの筒のような現像タンクに入れた。電気をつけると、ミツルが目をぱちぱちさせる。現像タンクは、ミツルの手にはすこし大きいようだった。

現像タンクに薬液を入れて、振って休んでを繰り返すのは新鮮らしく、「はい今から十秒振ってね。はい休んでいいよ……」という声を、嬉しそうに待っている。

水洗が終わったあと、リールからフィルムを引き出すと、像がきちんと四角の中に写っているのが見えた。ミツルは、わあ、と声を上げた。「ちゃんと写ってる」

フィルムを乾燥させる間、少し休憩する。

「まだまだ終わりじゃないよ。これをね、大きな紙で焼いて写真にするよ」

「焼く？」

「えーとね、写真の形にプリントするということだよ。この中から写真を一つ選ぶんだけど。どれがいいかな」

ミツルは、少し照れながら、平坂が焼き芋を食べているアップのコマを選んだ。

「いまから、プリントするよ。部屋を暗くするからね」と言って、平坂は暗室の明かりを安全灯のオレンジ色にした。モノクロのプリントの時には、作業の様子を見ることができる。

ネガに光を透過してみせると、きちんと像が出ていてミツルは喜んだ。

平坂は、安全灯がオレンジ色に灯る中、印画紙を用意する。

「この印画紙に、いまから、光をピカッと当てるよ。見ててね」

光がつく瞬間を、ミツルは緊張して眺めていたようだった。

フィルムを透過した光が、一瞬灯る。依然、印画紙は白いままだ。

「あれ、何も出てない」

ミツルにはただの白い紙としか見えなかったようだ。

「これをね……」平坂は、印画紙を現像液の中に入れた。「さあ、ミツルちゃんよく見ててね」

数秒後、像がふわっと浮き上がるようにして出てくる様子に、ミツルは心底驚いたようだった。

「写真が、何もないところから出てきた」

「すごいでしょう」

うん、と頷く。

最後に印画紙を水洗のバットに入れると、水の中、写真の自分と目が合った。

惜しいことに、焼き芋自体はフレームの外に出てしまっているので、写っていないのだが、焼き芋から出たであろう、ほわっとした湯気があがり、その向こうに自分の笑顔が見える。目じりをくしゃりとさせ、美味しそうな焼き芋を前に、心からの笑みを浮かべている。自分はこんな表情をするのかと平坂は思った。背景の木立の葉、一枚一枚にも光が差している。休日の昼下がり、のどかな公園を流れる時間が、印画紙の中にも同じように流れている、そんな一枚だった。

「ミツルちゃん、すごく上手に撮れた」と言うと、ミツルは嬉しそうに頷いた。

暗室の外に出て、「ミツルちゃん、お手伝いどうもありがとう。写真ができるまで、ここに座って待っていてね」と、丸椅子を勧める。ミツルは頷いて従った。足が微妙につかないので、ぶらぶらさせている。

「ちょっと待っててね。あ、そうだ。きなこ牛乳も作ってあげよう。おいしいよ。そうだな、折り紙でもして待っているかい」

ミツルは、無防備に背中を向けている。坊主頭。細い首とうなじが見えている。手元に集中して、一心に何かを折っているようだった。

平坂が、くるくるとスプーンで、きなこと牛乳と砂糖を混ぜる。きなこ牛乳からは美味しそうな湯気が浮かんでいた。

「さあ、どうぞ」とマグカップを差し出すと、ミツルは笑った。

受け取ろうとして――

ガシャン、と床にマグカップの破片が散らばった。

ごめんなさい、ごめんなさいっ、ごめんなさい、とあわてて拾おうとしたミツルの手が、うっすらと透けて床が見えているのがわかる。

大丈夫だから、と手を伸ばした平坂の手が、そのままミツルをすり抜けた。

消えながらミツルの姿が、どんどん薄くなっていく。

ミツルは「おにいちゃん！　助けて！」と悲鳴を上げた。

「大丈夫だよ。ミツルちゃん、いいかい――」

平坂の最後の言葉と同時に、ミツルの意識は、ぷつんと途切れる。そのまま、暗い闇へと飲み込まれていった。

＊

ここはどこ。

体中のひどい痛みと共に、ミツルは目を覚ました。足を動かそうとして、足に巻かれた足輪と鎖がちりちり鳴る。

まだ、ベランダにいる。

ミツルは力なく目を閉じた。

ここは廃屋と廃屋の間のベランダで、光すらあまり入ってこないところだった。ミツルはそこに、昨晩からつながれていたのだった。

額に何かがはり付いている感触がする。指で触れると、額のあたりがひどく痛い。へばりついているのは、多分、血が乾いた跡だ。どのくらい殴られたかは、途中、自分を天井に飛ばしていたからあまりよくわからない。

昨晩。義理の父親にのしかかられ、拳で思い切り殴りつけられていた。何度も。その様子を、ミツルは、他人事のように天井から眺めていた。母さんは向こうでスマホを見ている。こちらを見ないで、「やりすぎないでよー」と言っている。「ミツルあんたが悪いのよー反省なさい」

「手が痛え《いて》」と言い出し、父親が部屋の隅からゴルフクラブを持ち出してきた時も、もう逃げることすらできなかった。ゴルフなんてやるはずがない。あれは痛めつけるためだけにわざわざ拾ってきたものだから。

何で殴られているのかはどうでもいい。もうどうでもいい。はやく痛くないようになりたかった。

いつもの居場所は、ベランダのゴミの山の中の犬小屋だ。犬もあいつに蹴られて死んだ。犬の毛だらけの毛布があるほかは、自分を守るものはなにもない。

あいつの「しつけ」がはじまると、意識をすぐに天井へやる。どうかもう、終わりにしてください。何もかも。ミツルは祈る。

ベランダに身体が投げ出されると、かかとが遅れてベランダの床を二度打った。鎖を足首につけられ、窓に鍵がかかる音が遠くでしたのを覚えている。薄目を開けると、窓に鍵をかけているのは母さんだった。「外でよく反省してなさい」

入れてください、と泣きながら頼んでも無駄なのは知っているし、ここ一帯にはもう誰も住んでいないので、誰にも声は届かない。まだ春は遠い、寒くて毛布をかぶったことだけは覚えている。冷たい雨が降ってきて、犬小屋の隙間から水が染み出し、坊主頭と毛布に染みていく。もうどうでもよくなった。

気が遠くなって——夢を見た。

誰かと遊んだ夢だ。

優しい人だった。男の人。

ひどく腫れているのか、開けにくいけれど、うっすらとまぶたを開いた。

何かと思えば、顔に光が当たっていたのだった。ベランダの上は屋根と屋根との間、隙間のようにしか開いていないけれど、いま、太陽は真上らしい。

まぶしい。

目を閉じようとして、視界に、何かキラキラするものが見えた。ふと視線だけを動かすと、何かが光に反射しているのがわかった。

ガラクタに水がたまって光っている。よくわからない容器、新聞、雑誌、卵のパック、チラシ、さまざまなゴミが山積みになっている。コンビニの容器をぐちゃぐちゃに入れて結んだ袋、ビニール袋……

目を閉じる。

またあの夢を見たいな。

夢の焼き芋、おいしかった。

最後にごはん食べたの、いつだっけ。もう忘れちゃった。

もう一度、遊んでくれないかな……

腐臭の中、はっと目を開けた。

――方法を知っているよ――

何かを思い出せそうな気がする。

――火をおこす方法を知っているよ――

もう少しで何かを。

――でも安心して。おにいさんが、火をおこす方法を知っているよ――

頭の中で、声が蘇《よみがえ》る。

――レンズがないときには、ビニール袋に入った水でもできるからね――

レンズが。

ないときには。

ビニール袋に入った水でも。

身を起こすだけで、身体の節々がきしんで痛み悲鳴を上げる。必死で手を伸ばしても、鎖が短くて届かない。精一杯伸ばした手で、棒を摑み、少しずつゴミを手前にかき取るようにして、ビニール袋を摑んだ。肩も頭も割れそうに痛んで、吐き気がする。

透明な袋の中には、昨日降った雨水がたぷたぷとたまっている。

光を。

光を、集める。

一点に光を集中させる。

黒だ。黒の葉っぱか何か。

雑誌の中、ぬれてないところを探して、ようやく印刷の黒の部分を見つけた。

黒に、光を、集めるんだ。

しばらくそうやっていると、薄く煙が立ち始めた。

まだ頭の中で何か思い出せそうで、ミツルは目をつぶった。

必死で考える。

——ポケットの中の糸くず——

服は、あいにくずぶぬれだ。でも、犬小屋には敷布があった。敷布の間の、綿ぼこりのようなものをかき集める。

だんだんと煙の量が増えてくる。ようやく小さな火が上がり始めた。

「火だ」

大切に育てるように、手でかこう。乾いた切れ端をどんどん追加していくと、炎はどんどん大きくなっていく。大きくなった炎は勢いを増し、壁を舐めるように這い上がり始めた。ぱちぱちと火の粉が散る。

燃えろ。

たくさん燃えろ。

なにもかも燃やしつくしてしまえ全部。

煙で咳《せ》き込んだ。

雨でぬれている毛布で口を覆う。

炎をうっとりと見上げながら、これで全部終わるんだと、ミツルは幸せな気持ちで寝転んだ。

あいつも母さんも変な薬を飲んで、夕方まで眠っている。

炎は大きくなって、天にも届くように壁を包む。

熱い。

もうどうでもいい。

でも――

あのおにいさんは最後、なんと言った？

何かを懸命に伝えようとしていた。何かを。

だんだん近くなる炎の熱さに、顔をしかめながら、しばらく考える。

おにいさんは、じっと目をのぞき込んだ。大丈夫だよ、って笑って。

そして、最後に言ったのだ。

――叫んで――と。

ミツルちゃん叫んで。

大きな声で。

さあやってみて。大きな声で、思い切り。おにいさんと、たくさん練習したじゃないか。

あのときみたいに、息を吸って、お腹に、空気を、入れる。手を、口の所に。

さあ。頑張って。

「ああ」

大丈夫だから。

あのときみたいに、口を思い切り開けて。

「あー」

おい、あそこ燃えてるんじゃねえか、という誰かの声がする。おい消防、消防。空き家か？　とりあえず電話するか。このへんたぶん空き家じゃないの？　とりあえず写真も動画も撮っとくか。この動画、どっかの番組に売れるかも。

ミツルは起き上がる。身体の節々が悲鳴を上げる。何度も膝からくずれそうになりながら、ガラクタを摑んだ。腕に体重をかけ、ゆっくり膝を伸ばす。

何も食べていないので、頭がくらくらする。それでも踏ん張った。

立ち上がる。

燃えさかる炎を背に――

ミツルは叫んだ。声を限りに。

おい見ろあそこ、子どもがいる！　こちらに上ろうとしても、足場がなく、うまく上れないようだった。「もうすぐ消防車がくるからな、しっかりな」「頭を下げてて。

何かで口を覆うんだよ」と、ずっと下から励ましてくれている。

消防隊はすぐきた。「君、大丈夫かい」と抱き上げられかけて、顔を覆っていた布が落ちた。腫れた顔と全身の痣《あざ》と、足の鎖を見たらしい。消防士は、うっと声をつまらせた。

足輪は鍵で外れないようになっている。

「すぐに。これ、切ってあげるから。もう大丈夫。もう大丈夫だから」

はしご伝いに消防士は、ミツルの痣だらけの身体を抱きかかえ、何度もそっと坊主頭をさすった。言いながら涙ぐんでいる。

ミツルは燃えさかる家を見て思う。

全部燃えてしまえばいい。

「お家の人は……」

一瞬、ミツルは止まった。

このまま燃え尽くせ、この家も、あいつも。母さんも。何にも助けてくれなかった母さんも。すべてを燃やせ。

いないと言えば、救助が遅れるのはミツルにもなんとなくわかっていた。それでも、ミツルは口にしていた。

「母さんがいる。中に」

＊＊＊

写真館の壁の柱時計は、振り子も針も動いていないのだけれど、やはりないよりはあったほうがいいな、と配達人の矢間は思う。様式美だから。

矢間は、お茶ができるまでの間、平坂の写真立てをぼんやり眺めていた。その写真は、白黒の写真で、どこかの山の中、平坂が笑っているものだ。

平坂に、たった一枚だけ、残された写真——

平坂は、ただ、子どもにいろいろな遊びを教えてやったというだけだから、世の理には反していない。とにかくぎりぎりの線を回避して、うまくやったなと思う。

それにしても、まんまと一杯食わされたというわけだ。

平坂が写ったこの写真は、公園で、平坂がお芋を食べて笑っていた時の写真だという。人ひとりの運命を大きく変えてしまうという最大の禁忌。その代償に、平坂はすべての人生の写真を——記憶を一枚残らず焼かれることとなった。まあ、今、案内人が持っている財産なんて、記憶くらいしかない。

「矢間くん、お茶できたよ」

向こうの部屋から、平坂の声がする。平坂の声は、いつもやさしい。

平坂の、すべての人生の写真が焼却されるという時に、暗室にあったこの写真だけは、矢間がこっそり隠した。

たしかに、平坂は生前、地味で平凡な一生を送っていた。内向的で友達もあまりいなかった。恋人もなく独身、無趣味。ゲームに勇者がいるのなら、隅っこでうろうろして、背景に彩りを添える役目のような人間だった。偉業とか勲章とか、そういうのとはとても遠い人生だった。一言で言うと、冴《さ》えない一生。生きてきて、なんの功績も残していないというのも、自ら予想した通り。

それでも、僕だけは覚えておこう。矢間は思う。抗《あらが》えぬ運命から、子どもの命を救ったたったひとりの英雄として。

扉から、平坂がひょいと顔を見せる。

「どうしたの矢間くん」

「なんでもないよ。それじゃあお茶でもいただこうかな。平坂さんのお茶は美味しいからね」

さて、平坂の写真を撮ったあの子の人生は、今度はどこで花開くだろう。どんな人生の写真を遺すのだろう。

一年に一枚だけですか。そんなの、ありすぎて選べないですよってくらい、たくさんの素敵な経験をしますように。

遠い先の未来、あの子に会える日まで。願わくは、できるだけ、うんと遠い先の未来で。

＊＊＊

石段の木の葉も少し湿っており、森特有の深い匂いがする。春夏秋冬がある中で、まだ寒さを残したこの三月の山が、なぜだかミツルは一番好きだった。

山に登る。頂上に一歩近づくにつれて、頭の中がすっきりとしてくるのはなぜだろう。青空に一歩近づくからだろうか。

あの事件から、十六年の年月が経った。

小さかった背も伸び、お腹まわりを気にするくらいに健康的な身体つきになった。

十六年前の三月十六日。あのとき、「母さんがいる。中に」と言ったことは正しかったのだろうかと、今でも考えることがある。でもきっと、「いない」と言ってしまえば、それも苦しみのもとになる。どちらの道を選んでも正解じゃないなんて、神様は、実は意地悪な顔をしているのではなかろうかと思う。

原因不明の出火から、虐待が明るみになり、命が危ないところを偶然が重なり助け出された——ということになっている。出火については、あまり取り調べを受けなかった。気がついたら、燃えさかる火のそばにいたと言ってある。

実母と義理の父親が、子に殴る蹴るの暴行を加えるだけでなく、丸坊主にして足首を鎖で縛り付け、日常的に冬空の中、ベランダに放置していた。たまたま起こった小火《ぼや》のためにその子は助け出されることになったが、小火がなければ命が失われる寸前だった——というショッキングなニュースは、当時、朝から晩まで繰り返し、さまざまなニュースで流れたらしい。あの家のベランダも大写しになっていた。隅の犬小屋が本当にぼろぼろだった様子を見て、いろんな人が心から憤りを感じたらしい。街行く人のインタビューで、泣きながら怒ってくれた人もいたということだ。

あの事件の後、母親と義理の父親は共に実刑判決を受け、このわたし——山田美鶴《みつる》は、綿密なカウンセリングを受けながら、ある田舎の施設で育つこととなった。

母親とはそれ以来、一度も会っていない。

事件の影響とマスコミ対策で、美鶴という名から改名することになった。美智。新しい美智という名前は、十六年の間にしっくりなじんだ。でも、ミツルという名が、本当の名だという思いはいつもある。

ミツルちゃん。

そう呼ぶ声、あの夢の記憶はもうだいぶ揺らいでしまって、もう微かな気配しか残っていない。

ミツルには、どうしてもなりたい職業があった。こういった、複雑な過去を持つ自分が目指して良いものかと思ったこともあったけれど、だからこそ、という思いもあった。

保育士だ。そのために幼児教育科を卒業、今年七十周年という歴史を持つ、伝統のある保育園で働き始めた。

まだまだベテランにはほど遠く、やる気が空回りして大失敗したり、うまく子どもと接することができなくて悩んだりはしょっちゅうだ。今までも、精神的に余裕がなくなったときには、どうしてか、山に登りたくなった。背中にリュック、肩から斜めにカメラを提げて、ひとりで。

大学入学時に上京した際、あまりお金に余裕がなくて、家具等にはリサイクルショップを利用したのだけれど、たまたま、このカメラを見つけたのだった。何だか気になって、つい予定もないのに買ってしまった。今時ちょっと珍しい、フィルムを入れるタイプのものだ。ニコンＦ３に、ＧＮニッコールという薄めのレンズがついている。

この組み合わせが気に入って、山に登りながら、気になるものをいろいろ撮る。木の切り株や、枝に一つだけ残された赤い木の実など、小さくて可愛いものを撮るのが好きだ。

写真趣味が高じて、貸し暗室にも入るようになった。いろいろな不安も、暗室の赤い光の中で時間を忘れて作業していると、次第に頭の中で沈殿するみたいに落ち着いていくのがわかる。

背中までの髪をきゅっと結びなおして、山道を踏みしめるように登っていく。

葉が落ちてしまった枝に、そこだけボールみたいに緑が丸くなっているところがあって、一枚撮った。あれはヤドリギだなと思う。

青空を、鳥が三羽連れだって飛んでいくのを見送る。

空気が澄んだ中、何かの鳥の鳴き声が鋭く響く。その反響に耳を澄まして、じっと立ち止まる。見れば山桜がひっそりと咲いている。青空を背景に、そのあわい桜の光を際立たせるようにして、また一枚撮った。

道は落ち葉が降り積もってふかふかしていた。道の脇で見慣れないキノコを見つけて、じっと近くで眺めてみる。サルノコシカケ、なんていうけれど、ほんとうに小さな猿だったら腰掛けになりそうだった。

頂上に着くと、見晴らしの良い平らな岩がある。そこで休んでお茶を飲むのが好きだった。

今日は先客がいた。まだ高校生になるかならないかくらいの男の子だ。

ミツルが岩に昇ると、その年頃の男の子らしく、小さく会釈して、大岩の一番端に座り直した。日光で、岩がほどよく温められていて、お尻があったかい。

大岩の端と端で遠慮し合って、しばらく無言でいる。なんだかちょっと面白い。

「こんにちは」と声をかけてみると、「……にちは」と男の子が小さく応える。

よくよく聞いてみると、このあたりに住む中学三年生らしい。志望校に受かって、この春から晴れて高校生になるのだそうだ。

ミツルは、リュックサックを漁った。がさごそと、紙の袋を出す。

「あ、焼き芋、食べる？」と言うと、男の子は、ちょっと迷ってから、笑って「いただきます」と言った。

半分こして、二人で食べる。

岩に腰かけて、焼き芋を食べている男の子の様子がなんとなく、様になっているような気がして、ミツルは、お願いしてみることにした。

「ねえ。わたしね、写真が趣味なんだ。写真、撮ってもいい？」

カメラを示す。「えっ、いや、でも……僕……」と男の子が戸惑う。「にきびがまだ治ってないし」どんな顔をしていいやら、わからないようだった。

「さっきみたいに、お芋食べててよ。そしたら知らないうちに撮っちゃうから」

「じゃあ。わかりました」と、そのまま男の子がカメラから視線を逸らした。

ミツルは、笑って、お芋を食べている男の子をファインダーの四角に入れた。そうだ、題は、「頂上でお芋を食べる少年」にしよう。

カメラのファインダー越しに男の子を見ながら、そのまま、ミツルは動きを止めていた。

「あの……もう、撮りましたか」

その声で我に返った。いつの間にか、男の子はもうお芋を食べ終わっていたらしい。

気持ちのどこかが、ざわざわと動いていた。何だろう。

とても温かくて、懐かしい気持ちだった。

「いつも一人できてるの」と、聞いてみると「たまにです」と言う。

「何かあったときとか?」

と言うと、男の子はちょっと照れ笑いを浮かべて、頷いた。

「わたしも」と言う。

緩やかに吹く風に、目を細めた。森が微かに鳴っている。

水筒からお茶を飲んだ。山の連なりが、湯気の向こうに見える。男の子も、眼下に遥かに広がる眺めを静かに楽しんでいるようだった。同じように、水筒からお茶を飲んでいる。

「ここ、見晴らしが良いよね」

「はい」

「やまびこ返ってくるでしょ。ここ。アー! って叫ぶと、なんだか気分が落ち着くんだよね」

男の子も頷く。

悲しみと不安で潰れそうなときも。

——叫んで——

あの人は、わたしに教えてくれた。

希望を。

何度でも立ち上がれ。世の中の理不尽に声を上げろと。

——ミツルちゃん、叫んで——

ミツルは立ち上がって口に手を当てた。眼下に広がる緑を眺め、思い切り息を吸い込んだ。

本書は書き下ろしです。
この物語はフィクションです。作中に同一の名称があった場合でも、
実在する人物・団体等とは一切関係ありません。

謝辞

このたび、本作品を書くにあたりまして、新田保育園、野村陽子園長をはじめとする職員の皆様、創立当時の在園児童の皆様、また、地域の皆様に多くの知識と示唆を頂いたことを心より感謝いたします。

本作品の第一章につきましては、昭和二十四年、旧東京セロファン(現、三井化学東セロ株式会社)工場長であり、のちに初代園長となった畑山三郎氏、曽根綾子元園長、ならびに在園父母や地域の方々の熱意により、子どもたちの保育の場が整えられたという、新田保育園の実話のエピソードを元としています。

作中のカメラ・暗室に関しましては、日本カメラ博物館学芸員の皆様のアドバイスを得ることができ、創作の大きな助けとなりました。ここに御礼申し上げます。

宝島社
文庫

人生写真館の奇跡

（じんせいしゃしんかんのきせき）

2019年 2 月20日　第1刷発行
2024年11月25日　第2刷発行

著　者　柊サナカ
発行人　関川 誠
発行所　株式会社 宝島社
〒102-8388　東京都千代田区一番町25番地
電話：営業 03(3234)4621／編集 03(3239)0599
https://tkj.jp
印刷・製本　中央精版印刷株式会社

ISBN 978-4-8002-9214-8